梦幻快递

范小青 著

作家出版社

目录

南来北往谁是客

　　房租是按季预付的，一般在上一季到期的前十天左右，负责任的中介会主动打给房客，提醒快到时间了。房客也是懂规矩的，大多数按时付款，也有少数人会拖拖拉拉，但一般不会拖过一个星期，最多十天，总是会有一些借口，出差啦，忙啦，有什么特别的事情啦，但并不是存心要做老赖，因为这是赖不出名堂的，赖出的结果，就是中介和房东一起扣下押金，换锁，把他的东西扔出去，很快这房就成了另一个房客的住所——这是合同中所约定的，合法合理合情。

　　这就是我的日常工作。现在人口流动越来越大，寻求租房的人也越来越多，我们的日子比从前好过些，凡是地段、面积、价格等各方面都还合理的出租屋，出手还是比较快的。现在的人比从前更聪明一些，不会因小失大，同样一屋，你少要一百块和多要一百块，租出去的速度可是大不一样。

租金通常是由房屋租赁市场决定的，我们左右不了，我们只是希望人口流动大一些，更大一些，因为他们每流动一次，我们就能赚一次中介费。

在这方面房东的心情比我们复杂，他们一方面希望流动不要太大，这样可以有稳定的租金收入，不用担心房子空出来租不出去，但如果长时间不流动，始终是同一个租客租住的话，他们想涨房租的想法又无法实现，这也是合同所约定的，所以他们心里总是在挠痒痒，左右为难。

至于房客，那就是南来北往、千奇百怪的了，他们的来路，我完全不知，他们的心思，我捉摸不透，我始终归纳不了他们的共同性。有一次我经手的一套房，一年中转了三次，前两次都是未到租期提前爽约的，我不仅赚了中介，违约金里也有我一份，我不免向我哥 high 了一下，我哥说，你 high 翻了啦。

我辛酸地笑了。

这就 high 翻了？

听说有个中国富豪，半年内在美国加州买了三处豪宅，每套平均三千万美元，那中介才叫 high 呢，我翻什么翻。

还有一次租期到了，房客按规矩把钥匙交给我，我要进房间核查一下协议中登记的物品，防止有差错，拿着钥匙开门进去一看，我的个神哟，这哪里还是原来那个出租屋，分明已经成了个时装杂货铺，我粗略一打量，各式包包有几十个，五彩缤纷的腰带有几十条，整包的丝袜和内裤还没拆封呢。我赶紧说，你这样不行，你得收拾干净再走。女神倒也不反对，说，我知道了，我会收拾的。

我轻信了她，第二天，我再进屋的时候，发现她骗了我，我赶紧打电话给她，问她是否走了，她说走了呀，彻底走了呀。说这话时，她已经登上飞往大洋彼岸的飞机了，正待关机，我若再迟几分钟，或许一辈子也联系不上她了。

为了清理她的这些存货，我可费了老大劲，关键是不知道怎么处理它们，扔了吧，有点可惜，拣着去卖吧，也不知道哪里有人收购，我试着挂了一件到网上去，结果被人吐槽垃圾货、尾货什么的，我也不敢再挂了。那就送人吧，可是我没人可送，我女友刚成了我的前女友，这件事使我看到任何一个女孩都发怵，我得远离女色，修复我受伤的心灵。

幸好我把这件事情告诉了同事，我同事带上他们的男友女友蜂拥而至，帮我拣掉了一大半有用的垃圾，我这才打扫干净了出租屋，开始重新物色房客。

吸取了这一回的教训，在以后的租房合同中，我建议我哥加一条清洁费，如果房客搬走时，房间是干净的，两清，如果房客像前面那个女孩偷偷留下脏乱不堪的房间溜了，打扫卫生的费用得由房东负担，五十元。

有的房东比较好说话，经济条件又尚可，区区五十元，不计较，就写在协议上了，也有的房东斤斤计较，一分不让，我的房子给他住脏了，凭什么还要我付打扫费！他不无道理，但那该算在谁的头上呢，算我中介吗？当然啦，只有我是逃不脱的，我只要过个手，我就得承担责任。所以，如果房东为了区区五十元清洁费，坚持不签，我就自认倒霉了，难道我能为了一点清洁费而放弃一套房子的中介费吗？

我们天天扯皮。这就是我的日常工作。这种日子很无聊，我总是幻想着有什么奇遇，让生活有点刺激，让好运降临。可是做梦吧，无论好运噩运，它都不来找我，我就老老实实安于现状吧。

结果就出事了。

其实起先也算不上个什么事，就是到了交钱的日子，租客没有来交钱，这也不算不正常，一般耐心等两天就会出来的。

可是等了好几个"两天"也没有出来，打手机一直无法接通。

其实也还好啦，现在社会上，一个人失踪几天也不算稀奇事情，可是房东担心呀，心慌得不行呀，房客莫名其妙地失踪，会不会把房子给拐走了？

可是房子一直在那里，那是拐不走的，但房、地两证，那可是随时可能被人弄走的呀。但那两证明明一直都在他自己手里捏着呢，而且他一直是深埋箱底的。就算当初到中介来挂牌出租时，也没敢把原件带来，据说自打拿到两证，他就一直没敢动过它们，现在听说房客不见了，第一件事情就是回去看两证。两证原件安安静静地待着，怎么看也不像是假的。

可他心里仍然发慌，怀疑此两证已经不是彼两证，怀疑被偷梁换柱了。

我只好陪他去鉴定，鉴定结果为这是真的两证，就是原来发的那两证，可他坚持不肯相信，拿着左看右看，满脸怀疑。那鉴定的人恼了，说，你若还是不相信，认为它们是假的，那你给我吧，我重新做两张真的给你。

他一听此话，再无二话，抱紧两证逃了出去。

两证的事情总算是平息了，但是房客仍然没有出现。

我们商量了一下，决定用房东自留的那把钥匙开门进去看情况，做决定的时候，我心里就怦怦地乱跳起来了。

　　有人租个房子专门用来藏受贿赃款，现金堆了一屋子，据说最后检察官来查抄的时候，把房东吓晕过去了，我也得提前保护好我的小心脏，我可从来没见过很多的钱，若真是见着了，晕过去恐怕就醒不过来了，所以那就不叫晕过去，该叫死过去了。

　　还有一个人，租房子就是为了杀死情人，最后果然成功，留下情人的尸体，走了。至今没有破案。这种事情，别说亲眼看到真实的画面，闭上眼睛一想我就腿软。

　　再有一个人，也比较离奇，租了房子从来没来住过，也不放东西，后来问他为什么，他说就是喜欢有房子的感觉。一般人认为他有病，或者是给钱烧的，我比较敏感，我隐约觉得他是想做什么事的，只是没来得及，没有找到机会而已。

　　所以那一天我们闯进出租屋的时候，我是跟在房东后面进去的，我可不想有什么恐怖的情形让我第一眼看到。本来房子也不是我的，跟我没多大关系，要吓也不应该先吓到我嘛。

　　结果什么也没有，吓人的东西没有，不吓人的东西也没有，屋子里十分平常，根本不像人走了的样子，什么东西都在，连袜子都还晾在卫生间里呢。

　　现在我虽然安心了一点，可我房东并不满意，他抱怨说，早知道应该听人劝的，人家都说小中介找不得，小中介不地道。我不服他，我说，地道不地道和中介大小没关系。他也不服我，说，怎么没关系，你这个中介公司总共才七个人，能介绍到什么守规矩懂法律的房客？我不知道他这不符合逻辑的离奇的想法从何而来，不过反正现在的人什么想法都有，我们不觉得离奇，也不觉得委屈，现在唯一可做的事情，就是再等一等。

我们又等了一些日子，他还是没有出现这就等过忍耐期了，房东决定换锁，重新出租。

房间里虽然没什么异常，但是又脏又乱，按照合约规定，房东掏出五十元清洁费给我，我接了过来，说我马上联系保洁公司。

其实这清洁费是我自己赚的——你们可别泄露了我的秘密哦，数尺男儿，怪难为情的。

我先查了电表、水表之类，然后替他算了一笔账，他欠下的水电煤气物业费等相加，恰好是他留下的押金，也就是说，如果这时候他是想提前退租了，我们扣下那押金，正好两不相欠。如果是这样，他不会一声不吭就走，提前退房，在我们这儿，很家常便饭。

但是因为他没有带走任何物品，不像是提前退租，虽然没什么贵重东西，但毕竟都是生活必需品啊，哪怕一支牙刷，也是天天用得着的呀。

　　我知道房东对房客的不告而别仍然心有不甘，好像连带着怀疑我中介也有猫腻似的，所以打扫房间的时候，我十分细心，想多少找一点蛛丝马迹出来，还我清白。

　　我果然在床底下看到一张小纸片，上面有个电话号码，我照着打过去，是一个女的，问我是谁，我报了房客的名字，她也不记得，我只好说，我这儿有你的电话号码。她似乎立刻明白了，立刻骂了起来，狗日的，你害老子惹一身病，老子是靠这个吃饭的，你断了老子的财路。明明是个女的，却一口一个老子，我请问道，你，你是一位小姐吗？那小姐说，你在哪里？老子找你算账。我吓得赶紧说，对不起，打错了。

　　小姐可没认为我打错了，通过查询我的手机线索，她带着人找到了我，我赶紧叙述事实，他们怎肯相信，我冤啊，不过幸好我还没被吓傻，我还够机灵，那字条上留下的小姐电话号码的笔迹可不是我的笔迹，一眼就能看出来，他们让我也写下那几个数字，我写下后，他们一一认真核对，小姐毕竟不是老太，眼明心亮的，不带诬陷讹诈，朝我看了一眼，就说，不是他，老子从来不接长成这样的。

　　小姐还挑嫖客，逆天哪。

　　她倒是放过了我，可我还想从她那儿了解些什么呢，我说，你还记得那个人吗？他有什么特殊的情况吗？跟你透露过什么异常的事情吗？小姐喷我说，你以为我是干什么的？你以为我心理医生啊！我们的过程都是有脚本的，要根据脚本说话，就像接头暗号，我说我来自贫困山区，他说他老婆对他不好，就这样，最后两眼一闭，完事。

我算是逃过一劫。

但我也一无所获。

我继续打扫房间，我又发现东西了，是一个笔记本。可是一想到一个电话号码就差点害了我，我还敢看他的笔记本吗！

可我贱呀，搁在桌上的笔记本没有惹我，我心里却痒痒的，老是想着去惹它，最后我还是犯了贱，去把笔记本翻了开来。

这是一本账本，记的都是些往来账目，真没什么看头，我简单地翻了翻，就想放弃了，但是在账本的最后一页，也就是他记下的最后一笔账，却把我吓了一跳，这是一笔出售房屋的入账，出售的面积恰好就是他租的这套房子的面积。

我隐隐感觉不妙，赶紧告诉了房东，房东立刻报了警，警察来了，东看看西看看，也不知道看什么，好像也没有看出什么来，警察说，这算什么事，你们报的什么警？

我说是人口失踪，警察不肯承认，反问我说，人口失踪？

谁失踪？谁报失踪？你是失踪人口的什么人？我说我是房屋中介，警察气得笑了起来，说，没见过，人口失踪，一般只有家属报案、同事报案，朋友报案都很少见，中介报案，没见过。房东急得朝我翻白眼，说，不是报人口失踪，是报财物失窃。警察也同样不承认他的说法，人家只是记了一笔账，关你什么事，你的房子还在不在呢？我房东紧张地说，在，就在这里。警察说，那有没有人拿着两证来找你，说这房子是他的？房东更紧张地说，没有，绝没有。警察说，那不就得了！你的房子没有被卖，卖掉的不是你的房子。

其实即使警察不来，我也是这么想的，可房东心里不这么想啊，就算警察来过了，跟他说过了，他心里仍然放不下，好像脚底下的这个房子，已经不是他的了。

他威胁我要把房子收回去，不出租了，我也不怕他，我中介过手的房子何止几百几千套，还在乎他这一套？但我这想法被我哥痛扁了一顿，你只知道几百几千，你不知道千千万万也都是一加一加一加起来的。我只得回头再做房东的工作，房东说，要我继续出租可以，你得找到那个人。

大千世界，如茫茫大海，我上哪儿找他去？

当然还是有地方的，那个地方什么人都有，什么鸟也有，那个地方什么事都有，没有事也能造出事来。

我发了一条微博，简述了自己的遭遇，跪求诸位大侠伸出援助之手帮我找出那个人来。

我是有思想准备的，片刻之后，我被痛K的日子就开始了。

我无所谓啦，我又不是名人，不是土豪，不是官僚，屌丝一枚，说得好听叫中介，说得恶心点，那是专吃别人牙缝里的残渣。

很快就出现一场关于黑中介的声讨专场，我隔岸观火，仔细欣赏，真是有理有据有观点，有血有肉有骨头。

我的真名被人肉出来了，我前女友也被人肉出来了。其实这事跟她无关，我挺对不住她的，但是想到她莫名离我而去，我也算出了一口恶气。

谁说被黑中介坑害的屌丝不值得同情，我跟谁急，可是偏偏许多"黑中介"就是由我这样的屌丝组成的呀。亲们，你们应该左右为难才是，你们应该无从下嘴才是，你们一边同情屌丝，一边痛骂黑中介，你们对付的是同一个我呀。

你们到底要哪样？

因为早有充分准备，我一般不会被击垮，顶多装丫挺尸，我躲在暗处守候唾沫中的曙光。

曙光还没有出现，战场却不断扩大，战火不断蔓延，紧跟着房东就被提溜出来了。

被提溜出来的房东原来根本就不是房东，他小心守护着的那两证，上面并不是他的名字，显然他被吓着了，他主动过来找我，想向我说明情况，可我才不想听，只要他提供的房子确实是空在那里，只要有人愿意租住，我就能赚取中介费，只要我能够赚取中介费，其他我还想要哪样？

他唠唠叨叨说的什么，我全没听进去，房子到底是谁的我没兴趣，反正不会是我的，房子到底是哪儿来的，我更没有兴趣，偷来的，抢来的，骗来的，天上掉下来的，都不关我事，但是他有一句话我听清楚了，他说幸好你们公司小，不规范，不严实，否则根本不需要用大脑，用脚指头一想也能想出来，两证上的名字和我这个人能对上号吗？

我才不必要把两证上的名字和这个人对上号，有什么对上对不上的呢？无非就是一个女性的名字，或者无非就是一个外国人的名字，再或者就是一个网名，这实在也没什么可惊奇的。

他见我全无好奇心，最后满意地跟我说，你看，我都这么说了，你仍然不看我的两证，所以我才会找你们做中介嘛。

他还真理直气壮啊。

可我还真不能跟他计较，一计较，他走了，找别的中介去了，我还不得被我哥拍死？

接下来我哥也出事了。

警察找我询问的时候，并没有说我哥出了什么事，他们甚至装着若无其事的样子，聊家常似的跟我套近乎，他们报出我哥的名字后，又问我，他是叫这个名字吗？我"嗯"了一声说，我哥就是这个名字。警察一听我称他为"哥"，顿时两眼放光，哦，他是你哥哥吗？我的脸顿时红了。

其实我哥并不是我哥，他是我老板，我也从来没有当面喊过他哥，我够不着，我只是偷偷把他当作"哥"，好歹感觉自己是有靠山的。但是既然这个不靠谱的"靠山"被警察盯上了，我就得赶紧撇清自己，我说，他不是我哥，他是我老板。警察并不相信我，我又说服他们，你们难道看不出来吗？我和他又不同姓，也不同乡，长得更是一点不像。警察这才放过我，只管追问我"哥"的事情。

后来我才知道，我哥被怀疑是一个网上通缉的逃犯，因为他和那个逃犯同名同姓还同乡。我哥被警察带走了，我公司顿时乱成了一团，大家不知道该怎么办了，我就挺身而出了。

平时我们之间为了抢客户，互相打黑枪，使绊子，现在知道朝不保夕了，才暂时地团结起来，我们商量了一下，决定一起使公司的业务正常运转下去，我甚至觉得即使没有我哥，我也能当上我哥。可惜好景不长，只过了一天，警察就打电话来让我们取保候审我哥。

我哥回来说，那照片上明明不是我，还怀疑我整容了，你们觉得我整容了吗？我们都不敢看我哥的脸，可我哥却敢盯着我看，说，听说你准备坐我的位子了？狗日的小报告还打得挺神速啊。我以为我哥要炒我鱿鱼了，没想却因祸得福，我哥认为我对公司有责任心，不仅表扬了我，还提拔我当了中层。

即便是意外惊喜来临之时，我也仍然没敢看我哥的脸。

说实在话，一直到今天，我也不知道我哥是谁。

好在我哥的脸并没有影响我们的工作，中介还是要介的，那个不是房东的房东的那套居室，也还是要出租的。寻找前任房客的事情尚未完成，但我有信心，我知道后续的事情还是会发生的。

果然有人来了，是那位房客的父母，一对风烛残年的老人，因为听别人说有人在找他们的儿子，就知道儿子出事了，千里迢迢从乡下赶来，向我要他们的儿子。

我并没有猜想他们是来讹诈我的，他们都这么老了，老得都快不能用钱了，讹诈我真是没有意思的。

我倒是很希望能够从老两口那儿探听到这个失踪的神秘房客的一些情况，就像那次对小姐一样，我又多嘴了，我又多事了，我问他们，你们的儿子，有什么特别的地方吗？就是，和别人不太一样的，任何方面。但是老人家坚持说他们的儿子是一个完全正常的人，他早年从老家出来以后，就一直没有回去，他们已经好多年没见着他了。

无语啊，这算是正常吗？

但是回头再想想，这又有什么不正常呢？

老两口可是对了号来入座的，这号就是一个村子一个名字一个年龄一个性别一个等等等等，反正，对上的就是他们的儿子，或者换一种说法，这些内容和他们的儿子全对上了。可他们持着号来却没能入座，因为座不见了，他们十分悲观，双双认定他们的儿子已经出事了，我倒是想得开，我劝他们说，老人家，现在外面这么乱，重号的事情也是经常发生的，即使是同一个村子同一个名字同一个年龄同一个性别，最后也不一定是同一个人。

只是老两口千里迢迢而来，难道就这么空手而归吗？他们和我们都无法知道失踪的这个房客到底是不是他们的儿子，我又出想法了，问他们要照片，他们立刻奇怪地反问我，怎么，我们自己的儿子我们自己不认得吗？出来找他还用得着带照片吗？

你能说他们说得没道理吗？真不能，他们说得挺在理的。

老两口其实是做了最坏的打算来的，说白了，他们以为是来收尸的，连后事的一些必需品都准备上了，结果并没见着尸，比原来的预想要强多了，我陪他们到那个房间里去看了看，还希望他们能够嗅出儿子的气味。

这只是我的痴心妄想，这是不可能的。

最后他们手持着一个空号走了。

在以后的一些日子里，又来过几个人，一个是他的老婆，一个是他的中学同学，还有一个是什么我都忘了，反正每听说有人来，我就接待一下，我也没有什么可兴奋的，因为找到找不到这个房客，和我的工作已经没什么关系了。

我们的计划有条不紊，其实也很简单，重新开始招租罢了。

有一天我正陪一位客户去看房，接到我同事的电话，说，那个人回来了，他用原来的钥匙去开原来的门，开不开，就找到我们公司去了。

我赶紧往回赶，两下终于见上了，他已经听我同事说了我们寻找他的过程，他笑着对我说，你们想多了，没那么多可能性，只是我记错了一个月，我以为到下个月初才付下一季的租金，至于我的手机打不通，是因为我出差的地方是个山区，没有信号，所以就这样了，无意中给你们添麻烦了，向你们道歉。

他这样说，你们以为我会相信他吗？不可能，因为我根本就不认得他，他不是我要找的那个房客。不过我沉得住气，并没有一下子揭穿他，我且看他怎么进行。

结果大大出乎我的意料，他竟反过来将了我一军，问我说，你们换人了？我说，换什么人？他说，换了你呀！我不认得你，你不是原来和我联系的那位嘛，那位离开了吗？你是替换他的吧？我说，一定是哪里搞错了，我找的不是你，我找原来租住这个居室的客户。他说，就是我嘛。

他说的一切都是对头的，我无法从中挑剔出任何漏洞，我最后试验了一下，他手持的那把旧钥匙，能够开得了换下来的那把旧锁，这下子我有点蒙，我想求助我的同事，但他们怎可能知道，个人联系的客户，同事是不接触的，接触了会有抢客的嫌疑，所以我的同事并不认得我的房客。

我找房东，房东也没有见过房客，出租房屋的时候，房东没有到场，也不需要到场，他要的只是租金，而现在房东看到房客把新三个月的租金已经奉出来了，他只管收钱就行，不用管房客的脸长成什么样。

房东把新锁的钥匙交给了房客。

他们都觉得这事情是真实的，那么唯一的可能就是我自己是假的。

　　事情就这么顺利地结束了，真是皆大欢喜的结果啊。

　　可我一直以为这是我做的一个梦，我想尽快从梦中醒来对他们说，你们错了，他真的不是他。

　　但是我一直没有醒来。

　　或者我不是在做梦。

五彩缤纷

我老婆其实不是我老婆。或者说，现在还不是我老婆，我们还没领证呢。

没领证，在出租房里同居，这种事情很多，也很普通。我们大学毕业，远离家乡，在陌生的城市打拼，要有事业，要赚钱，还想要爱情，还想有家庭和孩子，想要的确实太多了一点，那日子会比较辛苦。

不过目前还好啦，我们还没有想得那么远，我们辛勤工作，可以积攒一些钱下来，为今后的日子做准备，虽然必须省吃俭用，精打细算，但毕竟还是比较轻松自由的。

不料出了意外，我老婆怀上了。孩子我要的，我跟老婆说，孩子都有了，我也甩不掉你了，我们去领证吧。我老婆说，领证可以，按先前说定的办。

先前我们说定了什么呢？这一点也不难猜，又是一件再正常不过的事情，先买房，后领证。

没有房子怎么结婚，这是正常要求，即使老婆不提，我也会做到的。但现在的问题是，我得把我积攒了几年的钱倾囊而出，才能付首付，接下去的日子，就不知怎么过了。我把我的忧虑和我老婆说了。我老婆说，那我管不着，反正没有房子不领证，这是当初说好了的，也是最起码的。她说得不错，这确实是最起码的。我老婆也不是个物质至上主义者，她没有要车，没有要其他更多的东西。

但即便是她的最起码的想法，目前我也有难处，我得靠我的嘴上功夫，让她暂时将这个念头搁存下来。于是我开始说，老婆，买房这么大的事，急不得呀。我又说，那是买房呀，不是买青菜萝卜，说买就能买来。我再说，老婆，现在我们的当务之急，尤其是我的当务之急，是保养好老婆，保养好老婆肚子里的孩子。我还说，老婆，你也是有文化有知识的年轻人，你想一想，到底是人重要呢还是房重要？

我老婆才不理会我的战略战术，她才不和我对嘴，她沉得住气，原则性强，从头到尾只有一句话，按原先说的办，不买房，不领证。

我无话可说了。

我的思想已经受了我老婆思想的影响，看来房是非买不可的了。一想到买房，我的想象就像长了翅膀，立刻飞翔起来，我想到，买了房，就得装修，装修房子，那可又是一件令人激动的大事啊，我一激动，灵感就闪现了，我就突发奇想了，我说，老婆，你想想，就算我们现在立刻买房，我们也肯定买不起精装修房，肯定是毛坯房，毛坯房得装修吧，再怎么简装，也得几个月吧，那时候宝宝已经出来了。我老婆说，宝宝出来跟房子没关系。我说，怎么没关系？新装修的房子，你敢住吗？就算你不怕，你敢让宝宝闻那种有毒的油漆味吗？

那是常识，装修完了，怎么也得晾它个一年半载才敢入住啊。

我这是拿还未出世的孩子要挟她，我以为这下子将到她了，哪知她早就想好了应对的台词了。她说出来的台词，吓我一个跟斗，你以为我急着买房子是急着要住吗？我奇怪，不急着住干吗要急着买？我老婆问我，你以为我买的是房子吗？我也不傻，我说，我知道，你买的是安全嘛。可是我若要变心，不会因为有房子就不变心的。我老婆说，是呀，你变了心，我至少还能得到一套房子。

这种对话实在平常而又平庸，大家见多了去，不过请耐心等一下，这只是为下面的事情做铺垫，马上就会出现不一样的事情了。

现在我完全没有退路了，只好朝买房的方向去考虑了，好在这是我的第一套房，应该是比较优惠的。我打听了一下买房的程序，先到房产局去开证明，证明我是无房户，这样才能享受到第一套房的种种优惠。

到了房产局，他们一查电脑，却告知我说，我已经有房了。我大吃一惊，以为天上掉下馅饼来了，不，这可不是一块馅饼，这是一套房子啊，难道是圣诞老人或者干脆是上帝他老人家送给我的？

做梦吧，别说房子，天上连馅饼都不会掉的。

可我的名下确实有一套房，这到底是怎么回事呢？

房产局那人用怀疑的眼光看着我说，现在全都联网了，想冒充无房户是不可能的。我着急解释说，我确实是无房户，我和我老婆住在出租房里，现在我老婆肚子大了，我们要结婚，要买房，等等等等。他哪里爱听这样的话，但后来看我真的急了，或者他自以为从我焦虑的眼睛里看到了我的诚实，他才告诉我说，既然你不肯承认你名下的这套房是你的，那只有一种可能。我赶紧问，什么可能？他说，有人用你的身份证买了房。他见我发愣，又补充说，虽然可能是别人买的，但既然用了你的名字和身份，你就不是无房户了。

我怎能相信这种莫名其妙的事情，我说，会不会你们搞错了？他又朝我看看，还朝他的电脑看看，反问我说，你不要吓我，你是不是想说，有人黑了我们的系统？我也吓了一跳，若是真有人黑了房产局的系统，岂不要天下大乱。

我知道那是不可能的。但如果他不可能出错，那么错在哪里呢，谁会用我的身份证买房呢？那人看了我一眼，觉得我连这样的问题都想不明白，极品脑残。其实我怎么会想不到呢？这个"谁"的可能性还是比较多的，比如亲戚、朋友啦，比如老板啦，比如骗子啦。

可是现在我脑子里一片空白，我依据什么去把这个"谁"想出来呢？

见我站在窗口什么也不干，光发愣，后面排队办事的人着急了，我只得先退到一边，朝大厅的椅子上一坐，犯起糊涂来。

我旁边有个人架着二郎腿，哼着小曲，心情特好，我朝他一看，他立刻对我笑了笑。我说，你笑什么，我认得你吗？他说，恭喜你，你有房子了。见我干瞪眼，他又说，不是有人用你的名义买了房吗？既然是用你的名字，房子就是你的嘛，房子是什么？不就是一个人的名字嘛。我说，可房子不是我买的，钱不是我出的，怎么会变成我的房子呢？他说，这个太简单了，我教你怎么搞啊，你带上你的身份证，先到售房处去复印合同，人家问你为什么要复印合同，你就说合同丢了。我说，那可能吗？他说，他们没有理由不让你复印呀，房子就是你的嘛，身份证和人都对上号了嘛。然后你拿了合同，再到房产局去，补办房产证，你也可以跟他们说，房产证丢了，你有身份证，有购房合同，他们同样没有理由不让你补办，等办好房产证，房子就是你的了。

我听后，简直如梦如幻。他见我傻样，以为我担心什么，又指点我说，你怕夜长梦多吗？那就赶紧把房子卖了。

我的心里早痒起来了，一套房子，就这么到手了，只费了一点点吹灰之力？他见我不信，鼓励我说，信不信由你，你做做看就知道了。我疑惑地说，这是违法的吧？他说，如果那个人确实在你不知情的情况下，用你的身份证买房，那是他违法在先。

他违法在先，我违法在后，那我不还是一样违法吗？出主意的这人挺为我着想，说，你急于出手房子，一时找不到合适的买主，可以卖给我，我要。

　　我赶紧走开了，他还在背后说，要不要留个电话给你？我摆了摆手。他又说，不留电话也没事，我经常在这里，你要是想通了，就来这里找我。

　　我只听说外面骗子很多，很离奇，我以为这个人也是骗子，但我又不能确定他是骗子。无论他是不是骗子，他指点我做的事情我是不能做的。

　　如果我不能买首套房，我就买不起房，因为首套和二套的首付是不一样的，契税和房贷也不一样。可我不甘心就这样白白地丢失了我的第一套房的资格，虽然那套房已经在我的名下，但它毕竟不是我的房呀。

　　我得找到用我的名字买房的那个人。

　　我到了售楼处，把情况跟他们说了，他们爱理不理，说，这事情你别来找我们麻烦，跟我们无关。我气不过，说，怎么跟你们无关？你们没有尽到你们的责任，把我的名字让别人用去了。售楼处说，你跟我们有什么好吵的？你自己把身份证借给别人买房，还怪我们！我说，我怎么可能把身份证借给别人买房。他们说，这事情现在多得很，不管是怎么借的，出让身份证的人，肯定能得好处的。我跟他们生不得气了，我只说我要看那购房人的资料，他们又不同意，说客户的资料是要保密的。我反驳他们说，保密个屁！我单位有个同事，刚买房，登记在售楼处的信息立刻就被出卖了，装修公司，中介公司，高利贷公司，各色人等，立马来骚扰。他们见我这样指桑骂槐，也不跟我生气，但就是不肯透露信息，他们是怕我影响了他们的声誉，搅黄了他们的生意吗？可他们这种人，也有声誉吗？

我回去将这离奇的事情告诉我老婆，我老婆以为我骗她，以为我不肯买房，跟我闹别扭，我怎么解释她也不信，我没办法了，只好说，要不你和我一起去那售楼处。她又不肯去，说，你肯定事先和售楼处的人商量好了来骗我。

女人的想象力真丰富啊。

我只好又回到售楼处，威胁他们要举报，他们还是怕我举报的，最后把购房者留下的联系电话给了我。我一看两个号码一个是手机一个是座机，寻思着肯定打手机更方便找到人，就立刻打了那个手机号码，却不料听到的是"已停机"，我心头顿时掠过一丝不安和惊慌，手机都已停了，座机还会有人接吗？但无论如何死马得当活马医呀，再照座机号码打过去，呼叫声响了六下，我心里又"咯噔"了一下，料是无望，但就在这绝望刚刚升起的时候，在电话铃响到第七声的时候，有人接电话了，是个女的。我一听是个女的，下意识地"咦"了一声。那边就说，咦什么咦，打错电话了吧，以后把号码搞搞清楚再打，把人搞搞清楚再说话。我说，哎，我没有打错，我找的就是你，你在某某小区买了套房吧？那女的立刻警惕说，买房？买什么房？你个骗子，又想什么新花招？我说，我不是骗子，可是我碰到了骗子，骗子用我的名字买了房子。那女的说，那你找骗子去。我说，我找的就是你，房子就是你买的，在售楼处登记的就是你的这个号码。那女的停顿半拍后惊叫了一声，说，什么？什么房子？我说，我的身份证被你盗用了，在某某小区买了一套房，有这事吧？那边没声音了，我以为她想抵赖，我不怕她抵赖，我有的是证据。哪知过了片刻，她大叫一声，我操你个狗日的！你竟敢买房！这声音实在刺耳，我说，你怎么骂人呢？又不是我买房，是有人盗用我的名字买房。她不听我解释，仍然骂人说，你个乌龟王八蛋，叫我住出租房，自己竟然有钱买房养小三。我这才明白过来，她大概是骂她老公或者男友的。果然，她又骂了许多脏话粗话，我实在听不下去，说，事情还不知道怎么个真相呢，你已经把祖宗八代都骂遍了，等到事情真相揭发出来，你还用什么东西来骂人？她忽然又大哭起来。

我不想听她哭，但我还是想从她那儿得到一点有用的信息，我只得耐下心来劝她，我说，你先别哭，可能里边有什么误会吧，你再仔细想想，既然你没有用我的名字买房，那是你家里其他什么人？她顿时停止了哭声，头脑冷静、思路清晰地说，我老公为什么不用他自己的名字买房？怕我知道，所以，他用你的名字买房，你肯定是他的狐朋狗友，你才会借身份证给他，让他买房，包庇他养小三。

我怕了她，我还是赶紧败下阵去吧，我再也不想从她那儿得到什么了，我挂了电话。

她却没有罢休，反过来又打电话来，追问那套房子在哪里。她这追问还真提醒了我，我又到售楼处去了一趟，查到了房子的具体地址。

我到了那个小区，莫名其妙的，心情居然有些激动。小区是新建起来的，看起来刚刚交付，都是毛坯房，里边还没有住户，我找了一圈，找到了某幢某层，上去一看，门关着，里边不像有人的样子，我还是敲了敲门，自然也是白敲的。

我并没有泄气，跑得了和尚跑不了庙，他房子买在这儿，我不怕他不现形。过一天我又来了，还是没有人，我刚要下楼，看到有人上楼来了，手里拿着钥匙，开对面那套房的房门。但我看他的穿着和模样，不太像是房主。那个人看出我的怀疑，主动说，我是搞装修的。我怀疑他，他倒不生气，还和我聊天，问我是不是隔壁的房主，需不需要装修。我说是来找他隔壁的人家的，他问找他们干什么，我没敢说出来。

他见我支吾，也没有追问，只是说，他接了这一家的装修活，来过几次，没有看见对面人家有人来过。又说，一般刚刚拿到手的毛坯房，如果不马上装修，房主是不会来的。我委托他代我留心点，留了个电话给他，他点头答应了。

我出小区的时候，又经过售楼处，心里来气，我又进去了，他们都怕了我，躲躲闪闪，互相推诿。我责问说，你们提供的电话不对，你们是有意糊弄我的吧！他们指天发誓，那人留的就是这个电话。我怀疑说，这电话的主人根本不知道买房的事，难道你们不和买房的人联系吗？他们说，我们还和他联系什么呢？房子已经售出，一手交钱，一手交货，我们再也不会联系他，只有他可能来联系我们，我们最怕的就是这个了，如果接到他的电话，那必定是哪里出了问题，麻烦来了。

还是那个搞装修的人讲信用，有一天他给我发了个短信，说对面房子有人来了，让我赶快去看一下。我立刻赶到那儿，这回终于让我抓住了一个真实的存在。可是最后结果并没有显现出来，因为被我抓住的这个人，并不是房主，他是房屋中介。

原来那个用我名字买房的人，打算出租他的毛坯房。不管怎么说，我庆幸自己又推进了一步，有中介就有房主，我离那个盗用我名字的人应该不远了。

这时候我还不知道，其实我前面的路还遥遥无期呢。接着中介就告诉我，房主是在 QQ 上留的言，没有其他联系方式，只有 QQ 号。也就是说，我要想找到房主，仍然要守候，只不过是从毛坯房前挪到 QQ 上而已。

我先上去找他，说我要租房，希望他能够现身。可是他没出现，我想我可能暴露了，因为他明明已经委托了中介，租房应该和中介联系，为什么要直接找他呢？他一直不出现，我急了，耍了个流氓手段，在群里发言说，有人用我的名字买了房子，我现在已经复印到了购房合同，打算明天就去补办房产证了。群里大家欢呼雀跃，为我高兴。

我以为这下子可以把他逼出来了，可是他仍然隐身。他这才叫耍流氓，那是真流氓，我这假流氓倒也拿他无奈，我不能真的去办房产证啊。

正在我山穷水尽疑无路的时候，先前那个骂人的女人倒来给我指路了，她主动打了个电话给我，情绪大好，和当天电话里那个愤怒的女人简直判若两人，完全判若两人。她耐心地告诉我，冒我名字买房的不是她老公，而是她现在住的出租房的前任住户，她已经通过房屋中介，帮我了解了他的踪迹，提供给我进一步追查。最后她还向我道了歉，说上次说话难听不是针对我的。

我虽然有些奇怪，但她的态度也让我更相信了一个事实，爱情确实能够让一个人完全变成另一个人。

我根据她提供的信息，找到了那个冒充者现在居住的另一处出租屋，我不知道他为什么要从一个出租屋搬迁到另一个出租屋，唯一能够让我做出一点判断的就是前后两处出租屋大小和质量有所差别，这地方比那地方更小更简陋。看起来他的经济状况也不怎么样，恐怕每个月的还贷压力很大吧。这也是我很快将要面临的难题哦。

所以一看到这样的出租屋，我立刻联想到了我自己的生活，在胡思乱想中我敲开了这间出租屋的门，开门的是一个孕妇，肚子和我老婆的肚子差不多大，看到她的一瞬间我真吓了一跳，以为她就是我老婆呢。本来嘛，同样的出租屋里的孕妇，能有多大的差别。

本来我肯定是气势汹汹的样子，但一看到这样的屋子，屋子里这样的人，我的气势顿时瘪了下去，我能够对着一个和我老婆一样的住出租房屋的孕妇大吼大叫或者横加指责吗？

我平息了一下积累在心头的愤怒，尽量用和缓的口气询问她老公在哪里，我不跟孕妇说话，我要找的是她老公，那个冒我名字买房的人。可孕妇告诉我，他们虽然在一起几年了，她肚子也那么大了，但从法律的意义上说，他还不是她老公，他们还没有领证。我心里"嘻哈"了一下，真是和我的遭遇越来越像哦，由此我又联想到，在这座城市之中，在许许多多的城市之中，在苍穹之下，还有多少和我们的日子相差无几的男女呢？

但无论如何，我还是得找到冒名者，要他还我名来，还我购买第一套房的优惠权。我不能因为他们没有领证就放弃我的寻找，我又问了一遍，你老公现在在哪里？孕妇倒也很坦白，告诉我她老公回老家补办身份证去了。

我感觉到事情正在渐渐地浮出水面，又出来了一个身份证，这是好事，只要能和身份证联系上，我相信离我的目的会越来越近。我赶紧抓住她的话头，问她老公叫什么名字，她说她老公叫吴中奇。

我觉得很荒唐，荒唐得让我笑出了声。可是任我怎么笑，她也不觉得奇怪，只是很平静地看着我，我拿出我的身份证递过去想让她确认一下，可她并不接，她根本不要看。我只得说，他是冒名的，他不是吴中奇，我才是真正的吴中奇，他捡了我丢失的身份证，他就做起了吴中奇，但他是假的。那孕妇说，他不是捡的，他是买的。我嘲讽地说，买身份证，这都是新闻上才能看到的新闻，你们居然就是新闻。孕妇并不计较我的态度，她很淡定，继续告诉我说，她老公的身份证丢失了，原本打算要回老家补办的，但时间来不及了，只好先去办一张假的，然后等有时间回去补办真的身份证，等到补办好了真的身份证，那假的也就自然作废了。我奇怪地说，那他真的就办了一张名叫吴中奇的假身份证？怎么这么巧，恰好就是我的名字？孕妇说，这么巧不是不可能的，他们办假证的人手头有一大堆真的身份证，有的是捡来的，有的是收购来的，不知道有没有偷来的，或者是别人偷来卖给他们的，反正里边有一张你丢失的身份证，卖给了我老公，所以他暂时只能叫吴中奇了。她见我发愣，又给我补充说明，其实我老公当时也怀疑过的，用别人丢失的身份证，万一被丢身份证的人发现了怎么办。人家笑话他说，你看看这身份证上的地址，离我们这儿多远，八竿子都打不着，你想碰上都没有一点可能性。

我说，你老公不长脑子吗？他不想想，那么远的身份证，怎么会丢在这里？丢在这里，只能说明我离得并不远。她说，他哪有想那么多，那时候急着买房，也不管不顾了。虽然她很坦白，说得也很对路，但我还是觉得有疑问，因为我的身份证丢失以后，我立刻去补办了新的身份证，原则上说，在我补办了新身份证的同时，我丢失的那个身份证就已经作废，可是他们居然用作废了的身份证顺利地买了房。我表示怀疑说，你们竟然用一张已经失效的身份证买房，卖房子的人怎么这么随意，不仅没有核对本人和身份证的信息，甚至都没有上网核查。这孕妇说，核对什么呀，他们只核对钱，别的一概马马虎虎，说实在的，买房时我们也有点担心的，照片上的你，毕竟和我老公不太像，但他们连看都没看一眼，就跟我们签合同收定金了。

这种事情也稀松平常，别说售楼处，就算是银行，也经常有人用捡来或偷来的身份证开户，然后透支，然后银行找到身份证的主人，然后主人说，我冤枉呀。银行可不管你冤不冤枉，要你还钱，然后就是打官司上法院了。那可是没完没了的战争，一直搞到你筋疲力尽。

现在我也轮上一件这样的事，我可不想追究，我实在没有那工夫，我要工作赚钱，我要照顾怀孕的老婆，我要为即将出世的宝宝做准备，最重要的，我还要买房子，我哪里有一点空闲的时间去跟他们纠缠真假身份证的事情！我只希望这个冒充者早点补办好他自己的身份证返回来，然后我们去过户，把我的名字还给我就行了。

这孕妇见我着急，便安慰我说，别急别急，很快的，一两天就能回来了。她态度好，我却好不起来，我来气地说，现在房子多的是，你们就那么着急买房子，急到都不能用自己的名字买房？什么事那么急呀？那孕妇奇怪地朝我看看，说，你是明知故问吧？我怀上了呀，是做人流手术，还是生下来，取决于房子。他要孩子，当然就要立刻买房子，哪怕先借用别人的名字。

苍天，怎么跟我的事情越来越像，我心头竟滋生出一些恐惧，下意识地朝她看看，我是不是该怀疑她是我老婆扮演的一个人？

孕妇看起来一点也不想瞒着我什么，她又主动告诉了我一些情况，但是我对他们的气仍然郁积着，我也顾不得她身怀六甲，恐吓她说，你们不怕我真的把房子卖掉？孕妇说，怎么不怕？就是因为看到你在 QQ 群上留的言，我老公才会在这时候赶回去补办身份证，我就要生了，也许他还没回来，孩子就生下来了。

我实在无言以对。

现在唯一可以指望的就是冒充者从老家带回他自己的真实身份。

其实，在焦虑之余，我倒是很想见一见这个假我。

可是我一直没有见到他。

他没有再出现，他失踪了。但不管怎么说，他还算是个负责任的人，他把办好的真的身份证寄给了他老婆，还委托了他的堂弟，冒充他去帮嫂子办过户，但他自己从此没有再出现，他说他自己失踪了，房子留给老婆。可那孕妇哭着说，留给我有什么用，我用什么来还房贷啊！

我忽然吓了一大跳，我知道他们的房产证上，是用的他们两个人的名字，呵不，不是他们两个人，是我们两个人，是我和这个不是我老婆的孕妇的名字。

既然名字是我的，搞不好银行会来向我收贷款，我赶紧催着她去办过户，她自知理亏，答应我约到堂弟就去。

我提心吊胆地等了一天，还好，那个冒充者的堂弟也讲义气，就和我们一起去办过户了。当然，如果我不去，他们一定还能再找到一个人去冒充我的。

那天在办理大厅，我注意观察了一下那个堂弟的神色，发现他一点也不慌张，谈笑风生的。

出来的时候我问他，你冒充你堂哥，倒蛮镇定的嘛。你是不是经常做这样的事情？那堂弟说，现在有谁来注意你的真假？一手交钱，一手交货，干脆利索。何况，他毕竟是我堂哥，我们毕竟还是有点像的，即使是完全不像的两个人，只要有证件，都能办成事情，甚至哪怕证件也是假的，假人加假证件，也一样办成事。

他说得一点也不错，这正是我所经历的。

那天我回到家，老婆告诉我，房贷利率又提高了，她已经算了一下，买房以后，每个月我们两个不吃不喝，刚够还款。

我以为她的意思是别买房了，就顺着她的意思说，是呀，除非我们能够做到不吃不喝，我们就买房。哪知我老婆教训我说，吃喝重要还是买房重要啊？

那一瞬间，我简直怀疑那个失踪了的人就是我自己。

他怎么不是我呢？我们的经历几乎是一模一样，我们的名字也是一样的。

他失踪了，我难道没有失踪吗？

有些事情很难说哦。说不定真的就有两个我呢。

那个我，冒了我的名，害我忙了一大通，才做回我自己。不过我还是觉得挺同情那个我的，这家伙忙了半天，结果什么也没留下。

可我哪里有资格同情别的人，哪怕那是另一个我，我都没有能力去关心他，我还是可怜可怜我这个我吧。

现在，几经周折，总算将那套房子换了名字，现在好了，我的名下没有房子了，我又恢复了购买第一套房的资格，我喜滋滋地去买房了。

到了售楼处，我被告知，刚刚颁布了新的条例，单身不能在本地买房，除了要有本地本单位的证明，最重要的是要结婚证。我说，我还没结婚呢。他们说，那你先结婚嘛。我说，没有房不肯结婚呀。他们说，不结婚不能买房呀。

我真急了，说，怎么说变就变呢？他们说，所以说这东西像月亮嘛，一天一个样嘛。我说，你们这是存心不让我们买房呀。我这样一说，他们委屈大了，差一点要哭了，说，我们也没办法，我们也不想这样，我们恨不得什么条例也没有，我们恨不得什么条件也不讲，人人都能买房。但是现在在风头上，抓得紧，谁违反谁吃不了兜着走。

我原来以为我碰到的事情够沮丧，结果发现他们比我更沮丧。他们一边沮丧一边还劝我说，要不这样，你再等一等，虽然新规定很强硬，但过一阵，风头过去了，就会松软多了。

我想我老婆这回该死心了，不会再出么蛾子了吧。哪料想我老婆要买房的意志无比坚强，说，那就先领证。

我心里窃笑，她这可是自打耳光，早答应了先领证，也就没这么多麻烦了嘛。虽然我对我老婆言听计从，只不过有些事情并不是她说怎么就能怎么的，就说这领证吧，规定必须在一方的户口所在地办证，我和我老婆的户口都在老家，我们得回一趟老家才行。

回一趟老家可不得了，别说数千里路迢迢，要转几趟车，我老婆又大着肚子，我单位还不给这么长时间的假，更重要的是，我们现在要买房了，恨不得把牙缝都塞上，哪有闲钱回老家呀。

　　我们求助于老家的村长，村长很热情也很负责任，替我们打听了，说规定是不允许的，一定要本人到场，但他有办法，我们只需要将标准照片寄给他，再打一点费用过去，他找两个假人冒我们去登记，为保万无一失，他会陪他们到登记处去，万一情况不妙，他还可以出面找人打招呼，总之，让我们尽管放心。

　　我们把照片和钱都寄过去了，果然很快，大红的结婚证就寄来了。

　　现在我们终于可以买房了，我们有身份证，有结婚证，有钱，还愁买不到房吗？

　　真的还是买不到房，因为我们被查出来，结婚证是假的。我被村长糊弄了，我打电话去责问村长，村长开始还抵赖，指天发誓那证绝对是真的，又说，是不是乡下的证和城里的证不一样，又说，你们在城里过日子干什么都要有证，也忒麻烦人了，等等等等，反正是死活不承认我那结婚证是假的。

　　他不肯坦白，我也有办法对付他，我查了县民政局的电话，问结婚登记处，一问就问出来了。村长这回没话说了，坦白了，说，我是带了两个人去的，长得和你们很像的，我好不容易才物色到的，可还是被发现了，现在这些狗日的，眼睛凶呢，我不好向你交代了，你不是急等着用嘛，我到登记处外面街上，就有人招揽生意，说可以办一张假的，我看收钱也公道，就办了。

我简直目瞪口呆，村长还继续为自己的行为辩解，说，我真以为你们看不出来的，不知你们是怎么看出来的，我还拿来和我儿子的结婚证比照了一下，真是一模一样的，看不出来的呀。

我说，看得出看不出那都是假的。村长"嘿"了一声，还亲切地喊了我小名，说，狗蛋啊，你从小可不是个计较的人，你念了大学，在城里做事了，反而变得计较了，其实人还是马虎点，活着自在。我说，也不能马虎到用一张假证来骗人呀。村长说，哎哟，什么证呀，不就是一张纸嘛，有什么真的假的，现在假夫妻比假结婚证多得多了，也没人管。

虽然我气村长的这种行为，但村长的话倒也给了我一些启发，我跟售楼处说，虽然证是假的，但我们两个人是真的，我们都有身份证，你们也查过了，身份证是真的，何况，我老婆肚子都这么大了，肚子里的孩子不能是假的吧。他们说，身份证和你老婆大肚子都是真的，但是你们用假结婚证骗人是不对的。我强词夺理说，也不能说我们的结婚证就是假的，你看，这照片是我们吧，这名字也是我们吧，这年龄等等，都是我们，也就是说，内容是真的，形式是假的，我们两个是真的要结婚，在乎一张纸干什么呢？售楼处显然很想卖房子，他们去请示了上级，但是上级不同意，说不能因为出售一套房子犯了规矩，查出来要被罚款的。

我们再一次被打了回来。房子再一次离我们远去。

我已经殚精竭虑了，但我老婆斗志昂扬，我老婆说，不行，我们还是得回去领证。

我老婆说这话的时候，阵痛已经开始了。

就在这天晚上，我老婆生下了一对双胞胎，我给他们取名：吴一真，吴一假。

他们两个长得太像了，简直一模一样，我一直都分辨不出，到底哪个是真哪个是假。

名字游戏

我同学大学毕业后，干什么的都有，但是干送水工的不多。其实他们不知道，干这一行虽然辛苦，还没面子，但挣钱还说得过去。比起他们在小广告公司看小老板的脸色，或者在写字楼里打临时工，有一搭没一搭的，也或者，去推销保险，被看成是上门要饭的，想要跑成一单，不知要咽下多少辛酸，这样一比，我还是有点自我安慰。送水虽然社会地位低下，身份低等，但我一般不需要求人，不用看人脸色，我送水上门的那些人家，都文明礼貌，对送水工很客气的，都说谢谢，还有更热情的，会拿根烟给我抽，可惜我不抽烟，偶尔他们还随手拿一个水果给我，一般我也不大吃水果，但是水果我会拿着的，拒绝香烟是有理由的，但拒绝水果会让他们觉得我这个人不好说话，对我的信任就会打折扣。我会把水果带回店里，给我同事吃。我同事里什么人都有。

用户懂礼貌，我也懂礼貌，我自带着鞋套，免得踩脏了人家的地板，我还自带一块干净的抹布，万一送水时不小心把人家家里弄湿了，我往下一蹲，手一伸，就替他们擦干净了，如果我发现他们的饮水机长时间没洗了，我也会主动提出来替他们清理一下。他们又说谢谢。

当然，客气归客气，我们之间却很少交流，偶尔会说上一两句话，无非就是来了啦，麻烦啦，慢走啊之类，我基本上不用回答，只要微笑一下就行了。

他们一般都不会问我的名字。

我也不需要他们问我的名字，我的名字跟他们没有关系，跟我的工作也没有关系。我按一下他们的门铃，他们会在里边说，送水的来了。等我走的时候，他们也会自己说，送水的走了。

人的名字本来只是一个符号而已，用送水的，抄表的，搬运的，扫地的，等等这样的符号来表达，更有实际意义，让人一目了然地知道这个人是干什么的。很明显，在现代这个社会，一个人是干什么的，比这个人的名字要管用得多，也重要得多。

所以，在送水工和用户之间，根本就不需要有人的名字，我和他们之间的这种关系，简单明了，干净清爽。

这个我想得通，我没有意见。我生活的这个城市很大，人很多，名字更多，何况现在有的人可不止一个名字。真名，假名，化名，网名，小名，曾用名，什么什么什么名，到处都是。

不应该有人在乎我的名字，这是一个再正常不过的事情。

当然人和人也不是完全一样的，也有人曾经问过我的姓，我说我姓王，她笑着说，好的好的，我记住了，小王。可下次去的时候，她记错了，喊了我小张。我纠正了一下，说，我是小王。她又笑了，说，哎呀呀，你看我这记性。她的记性真的很差，我再去一次的时候，她又再次给我换了个姓，喊我小李。我也不再纠正她了，随她喊我小什么我都答应。

我并不是有意要捉弄她，我只是觉得没有必要，因为姓什么叫什么和送水实在没有什么关系，我姓什么叫什么都可以，我姓什么叫什么人家都能接受。

我觉得这样也挺好，所以后来在漫长的送水的日子里，如果再有人问我姓名，我都会随口说一个，赵钱孙李周吴郑王任我选。不过我并不是那种急智型的人才，我随口编个姓还可以，但要我随口编名字，我会打咯噔的，一打咯噔，人家岂不怀疑我，难道连自己的名字还不能随口说出来？我就想了个主意，将自己同学的名字报给他们，因为同学的名字最好记了，个个都在嘴边，张嘴就出来。

有一回我还失口将我暗恋过的一个女同学的名字报了出来，报出来以后，我以为人家会奇怪或者会怀疑，怎么一个男人取了个女生的名字？可是人家听了，一点反应也没有。

我才知道，人家并不在乎我的名字，只是礼节性地随口一问而已，我大可不必为名字犯愁。

就这样我有好些同学的名字都被我报给了别人，你们大概会觉得我这个人心理有问题，自己干了这一行，就希望我的同学也都和我一样沦落风尘，这样想的话，你们就误解我了，首先，我从来没有瞧不起自己的行业；其次，我也不是个心胸褊狭的人，我只是不在乎人的名字而已，无论是我的名字，还是我同学的名字，我都觉得无所谓。

一方面，我在现实生活中，几乎不用名字，最多也只是"小王"，但同时，我又像在虚拟的网络世界一样，爱用什么名字就用什么名字，爽啊。

我干送水工虽然辛苦，但却如鱼得水，自由自在，只是有一回有点尴尬，我送水到一家人家，恰好碰见我的大学同学，他见我扛着水桶进去，吓了一大跳，大叫了一声我的名字，然后说，怎么会是你？又跟他家长介绍说，这是我同学。他的家长更是惊异，问说，真是你同学吗？是你大学同学吗？我同学马上为我打掩护说，我记得你表哥是送水的，你是临时顶替他的吧？

我挺感激他。但其实他完全没有必要这样在意。可他真的很在意，竟然还把我当送水工的事情告诉了其他同学，我们在QQ群里聊起这个话题，我向同学们报告了我的收入，引发了他们的感叹，纷纷发表，有一个人说，真是原子弹不如茶叶蛋，这话是我父亲上大学的时候听说的，想不到到今天还是有这样的事情。另一个说，我也要当送水工。大家又纷纷赞同。

其实除了我，没有同学会当送水工的。

过了一阵子，却有个人来找我了，他是我大学同学的高中同学，他通过我的大学同学知道了我的情况，就来找我了，他想当送水工。

想当送水工其实非常方便，现在招送水工的公司很多，条件也比以前好多了，有的公司有规模一点，还给底薪，再计件，像我们公司就是这样，属于旱涝保收型的，当然，没有底薪的公司也有它的好处，它的计件工资高，如果有人力气大，腿脚快，一天快跑多送，收入也是可观的。据说有个极品，一天爬了六百层楼，送了一百一十桶水。不过这也只是听说而已，我没有见过，我们公司也没有这样的人。

来找我的这个人，他说他叫陈新洪，或者是陈兴宏，也或者是陈星鸿，我只是随意地听了一下，没有细问，反正一样，叫他小陈也可以，我跟他说，小陈，现在送水工这工作不难找，有没有我介绍你都能干上这一行。小陈说，他是听了他同学的介绍后，专门来找我的，他早就想当送水工，但因为自己是高中生，当送水工有点难为情，听说有个大学生也当送水工，他就拿我当他的精神支柱，向我学习，放下架子，来了。

我不怎么相信他的话，但也没觉得有什么大的不妥。这事情本来很简单，公司正需要人手，我一牵线小陈就加入进来干上了。前一阵江里漂满了死猪，桶装水的生意越发地好起来，老板饥不择食，只要是个活人，他都可以吸收进来送水。不知道人们有没有想一想，桶装水的源头其实也在江里啊。

小陈和我成了同事，但是我们接触并不多，平时也没有什么来往，每天早晨上班的时候，我们一般会在店里见个面，然后就各奔东西去了。我们没有统一的下班时间，所以一般不会在下班时候碰上，只有一回，我老板忽然问我说，新来的那个，就是你介绍的那个，叫什么名字？我愣了一下，说，小陈吧，他姓陈。我以为老板会对我不满，介绍个人，连名字都说不周全。其实老板才没时间不满，他"嗯哼"了一声就走开了。

虽然老板没别的意思，但我却是个心思缜密的人，心想这回问了没答出来，如果下回再问又答不出来，这可不是好表现，虽然这事情看起来和送水没有关系，但和一个人的责任心有关系，既然和责任心有关系，和送水也就多少会有点关系。

所以下次我看到小陈的时候，我问他叫陈什么，小陈告诉我叫陈什么。我就记下了，等着老板下次再问。老板却一直没再问。

过了些日子，我们大学同学聚会，我无意中和介绍小陈来的那同学说起小陈，那同学似乎有些吃惊，说，小陈？哪个小陈？我说，你怎么会不知道小陈，他不就是你介绍来的吗？他又愣了半天，自己嘀咕说，小陈，小陈，哪个小陈？不会是那个小陈吧？我倒被他搞糊涂了，说，你说什么呢，什么那个小陈，这个小陈，难道还有几个小陈？那同学脸色就不对了，说，小陈只有一个，但他早已经不在了呀。

我并不太吃惊，想必是哪里搞错了，或者我同学曾经有几个同学都姓陈，他是把姓陈的同学和姓陈的同学搞混了，其实是那个姓陈的同学走了，他却以为是这个姓陈的同学。也或者，小陈并不是我同学的高中同学，他只是在什么偶然的机会下听到我同学说我的情况就找来了，他只是想通过我更方便地找一个工作而已，这都是可以理解的。当然也还会有许多未知数，有许多种可能，比如，会不会我同学的姓陈的同学确实去世了，而现在我的这个同事小陈，是冒了那个死去的小陈的名来的？

我起先确实并不吃惊，但想到这儿，我觉得还是需要谨慎一点的，如果真是冒名，他为什么要冒名呢，难道他自己没有名字？这不可能。那唯一的可能就是，他自己的名字不能让人知道，他要借用别人的名字。

一个人的名字不能让人知道，这意味着什么呢？

我得认真对待这件事情了，因为小陈是我介绍到公司的，我是有责任的。虽然送水工和公司的关系是比较松散的，但是一旦出了什么事，再松散的关系也是摆脱不了关系的。

我问我同学，他的同学小陈长什么样，脾气性格怎么样，我同学想了半天，也不能准确形容出来，他用了几个词，都是相互矛盾的，比如他说小陈精干，又说有时候淡漠，最后还说小陈善解人意。我听了半天，也听不出个所以然来，把我同学对于小陈的形容拼凑起来，无论如何也拼凑不出我的同事小陈的模样。

过了片刻，我同学又出一主意，问我，你有小陈的照片吗？有照片我一看就知道他是不是小陈了。

他这是想哪里去了，我怎么会有小陈的照片。

我们两个都没辙了。

我和我同学都无法证实我们俩说的小陈是不是不同的一个人。如果是同一个人，那就是我见鬼了。如果不是同一个人，那这个小陈是谁呢？

别的同学看我们俩聊得投入，说，没看出来啊，原来你们关系这么好，大学四年，也没见你们说过这么多的话。我们的谈话就被他们打断了，只好跟到他们感兴趣的话题中，无非就是谁谁谁和谁谁谁当初那么好，最后却没成一对儿，可惜了；谁谁谁和谁谁谁当时在班上互相瞧不上，还互相攻击，最后反倒走到一起了，意外啊；又坦白出很多鲜为人知的暗恋故事和多角恋故事。但是在这个过程中，他们发生了很大的争执，主要就是人与人对不上号，有人说张同学和李同学在校时好得十分招摇，但另外一个偏说不是，说好得人人知晓的是张同学和赵同学；又比如，有人说早就看出钱同学和吴同学暗送秋波、暗度陈仓，又有人反对这个说法，说暗度陈仓的明明是吴同学和周同学，我听他们这么争来争去，纠缠不清，就用心地想了想这些同学，同学的面孔倒是一张一张清清楚楚地在我眼前浮来浮去，当我试图把他们的名字和面孔对上号的时候，我发现我也已经有些力不从心了。

这不能怪我记性不好，主要是因为我和我那同学，我们的心思一直还在小陈那里。

你们想想，这难道不是一件事情吗？一个人死了，却又出现了，或者说，有一个人顶替死人在活着，这事情说起来怪瘆人的，何况这事情和我们两个都有密切的关系，我们无法把这个事情当成无事一样。

最后我同学和我约定，过一两天，他会到我们公司看看，看看我说的那个小陈到底是谁。我提醒他，要看人，得一大早就来，我们六点半到店，七点前必定就出发了，赶在一些用户上班前把水送到他们家去。这一出发了，这一天就不知道什么时候再能见到。我同学说，你放心，我习惯早起的。向我要了我水站的地址，并且记下我店里的电话，以保万无一失。

可惜的是，后来我一等再等，他却一直没来。

本来这事情很简单，只要他一来，小陈的死活、小陈的真假，立刻就确定了，我就没心思了，可现在他不来，就该我上心思了。

我不想让公司的任何人知道这件事。因为我一旦公开了这个怀疑，即便最后把小陈的身份搞清楚了，或者就算最后把小陈赶走了，老板也会责怪我荐人不慎的。所以我得把这个事情不为人知地处理干净。

我也不便直接找小陈去对质。如果他是假的，他一定是有准备的，随时准备着有人怀疑他，质问他，他一定早就有应对的方案，甚至烂熟于胸了，甚至我还想，他在来我们公司干送水工之前，不定有多少回这样的怀疑和询问呢，他一定是对答如流了。

再如果，他真的有什么大问题，我点了他，就等于提醒了他，他也许就赶紧逃离了，那倒也好，省却了我的麻烦。但万一他不逃走，反而想要灭口，那我就惨了，无缘无故送掉一条命那多不值。

我既急于想弄清楚小陈的真相，又不能打草惊蛇，还想着要保护自己，所以我不能马虎，我先设计了一个方案，要迂回曲折地实施。

我计划的第一步，先看看他的身份证。至于我怎么不为他所觉察地看到他的身份证，我也已经想好了对策。

这一天，我比平时更早一点来到店里，打算守候小陈。我到店门口的时候，还没有发现今天和平时有什么不一样，进了店一看，才发现问题了，不仅我们老板亲自坐在店里，还多出两个陌生人，老板脸色不好看，陌生人的脸色也不好看，我就知道出事了。

我老板指着我对那两个人说，他就是王天明。老板没说错我的名字。虽然我可以对用户乱报名字，但我一定是有真名实姓的，只是我有很长时间没有听到人喊我大名了，在这么漫长的日子里，有些人喊我小王，更多的人根本不用喊我的姓名，"喂"一下，或者"哎"一下就行了。所以乍一听到"王天明"仨字，我还稍稍愣了一下，而后才想起来那就是我。

虽然他们没穿警服，但是我猜测他们是警察，是来查案吧。查案就查案吧，我虽然是王天明，但我不用心慌，我又没犯案。我只是觉得老板说的"他就是王天明"有些刺耳，因为这个句式暴露了他们不是随便来找人聊聊的，他们找的就是我，他们是冲我来的。

我抢先表态说，警察同志，有问题你们尽管问。我老板瞪了我一眼，批评我说，小王，你没事找事，还真希望有警察来找你麻烦啊？我才知道我猜错了，他们不是警察，是公司总部的老板。

我们公司叫作某某某商贸有限公司，诚信等级是五颗星，公司人员众多，下设诸多水站。这"诸多"到底是多少，我也不清楚，跟我无关，我只知道我老板就是我们水站的老板，虽然我尊他为老板，其实他只是个小站长而已。现在坐我面前的两个人，那才是真老板，不说别的，单说他们的气质扮相，也是和我老板有差别的。

虽然我老板已经报了我的名字，但总部的一个老板还是重复问了我一遍，你叫王天明？我点头称是。另一个老板说，把你的身份证拿出来让我们看看。

这算是报应吧，我本来是想着来查看小陈身份证的，结果他们要看我的身份证。

我的身份证一点问题也没有。我也是有经验的人，我出门时永远随身带着身份证，干我们这种活儿的人，很容易被人怀疑上什么，有时候，拿个身份证出来，还真管点用。尽管现在假身份证也很多，但毕竟没有比用身份证查人更直接和简便的方法了。

他们仔细地检查了我的身份证，他们当然看不出这是假身份证，因为它就是真的。

看过我的身份证后，他们向我提了几个问题：第一，你这个名字是从小就取的，还是后来改名的？第二，你一共用过几个名字？第三，你有没有碰到过和你同名同姓的人？

他们虽然不是警察，但他们做的事情和警察差不多，甚至一点也不比警察差，所提问题逻辑性强，思路缜密，层层递进。只可惜，我的回答不能让他们满意。本来我就不应该对他们有什么帮助，我肯定不是他们要找的人，他们从我这儿得不到什么的，不是我不肯给他们，而是我没有什么可给他们的。

他们才不这么想，他们不会轻易放过我的，他们得准备新的问题，调整思路再来侦察我。

我有点着急了，我工作是底薪加计件的，我问老板今天误工算谁的。老板生气地说，你把总部都惊动了，对我水站信誉影响很不好，我还没找你算账呢，你倒跟我计较起来了。我听了老板的话，觉得倍儿有道理，又觉得毫无道理，总部的老板又不是我找他们来的，是他们来找我的，如果我真犯了事，他们找我也是合理的，但我没有犯事，他们来找我，耽误我的事情，一切损失还要我一人承担，这算什么呢！

我虽然没有顶撞我老板，我老板却对我不客气，又说我，天下那么多的名字你不取，你偏偏取这么个名字。我说老板你错了，我的名字是我爹妈取的。老板说，那我就怨你爹妈，取名就得动动脑筋，取一个特殊一点，不会跟人重名的，你爹你妈好懒，偏偏要取这么个名字，跟别人一样。

我正奇怪老板的话是什么意思，他们制止了老板，因为第二轮的侦讯题目已经出来了，仍然是三个：第一，三天前的下午两点，你有没有进入皇冠花园小区？第二，江一红这个人你认不认得？第三，如果你否认第一和第二个问题，那么，有没有人能够为你证明三天前的下午两点，你在哪里？

　　我当然否认第一和第二个问题，皇冠花园小区不属于我们水站送水区域，我的送水范围再大，也大不到那里去；至于江一红，名字倒蛮喜庆的，她要是我的女朋友，我一定会承认的，可惜不是。

　　至于下午两点，这也不难，我找出当天的送水清单，大致上回想一下，就知道了，那时候，我正在绿园小区送水。

　　我以为他们又会不高兴，因为我仍然说不出他们希望的答案来，可结果却出乎我的意料，他们相视一眼后，朝我点了点头，似乎我说到他们心坎上去了。

　　原来，关于我的三天前那个下午的行动，他们早已经掌握在手，就看我说的对得上对不上。现在当然是对上了，下午两点左右，我确定是在绿园小区送水，那户人家姓许，是一对中年夫妇，如果这个还不能算证明，我想绿园小区应该是有摄像头的。

　　现在我有点不乐意了，我说，老板，容我发表一下愚见行吗？既然你们早就掌握了我的行动，能够证明我三天前的下午两点不在皇冠花园小区，你们为什么还要来找我呢？这说明你们还是怀疑我的，也说明你们的怀疑是完全没有根据的。

　　你们别以为他们就此相信了我，只是因为他们暂时抓不住我的任何把柄，所以他们才会以退为进。他们会退到哪里去呢？当然是去找另一个王天明。只是不知道在我们这个地方，送水的王天明到底有几个。

他们临走时还不忘教育我一番，吩咐我以后不要乱说自己叫什么，每个人都有自己的名字，一个人的名字代表一个人的人生，代表一个人的身份，甚至代表一个人的尊严，名字是一个人的标志，名字是受法律保护的，等等等等。

我虽然听不太懂他们的教育是什么意思，但我首先不能赞同他们的说法，我反对说，有些人的名字确实能够代表身份、代表尊严等，但有另一些人，他们的名字什么也不能代表。比如我，自打当了送水工，就根本没有人来关心我的名字，如果不是因为出了事情，你们会对我的名字有兴趣吗？

总部的老板觉得被我问住了，他们跌了下风，其中一个有点不服，还想和我理论，另一个说，算了算了，你说不过他，人家是大学生呢。

那个不服的，本来已经往前走了，听到这话，忽然又停下了，回过头来警觉地问，你大学生为什么干送水工？我现在不怕他了，我没好气地说，我不干送水工，你能让我干总经理吗？

他们走了以后，我胆子更大了，胡乱发泄一通，说他们乱怀疑人，侮辱我的人格，什么什么。我老板说，他们对你还算客气的呢，没有报警把你叫去，还亲自上门来找你，还客客气气地问你。我有个朋友，和一个贩毒的重名，被叫到派出所无数次，告诉他们不是了，他们也查清楚不是了，但下次毒贩犯了案，还把他叫去，甚至其他毒贩犯了事，也要把他叫去，你看看，就是重了个名，多倒霉。我说，是够倒霉的，哪个狗日的，也叫个王天明。我这话一出来，大伙乐了，跟着我的口气说，哪个狗日的，也叫个王天明。我抱怨说，明明知道我不是王天明，呵不，明明知道我不是他们要找的王天明，还来找我麻烦。我老板说，你以为人家找你是抽签抽的啊，抽到谁是谁啊？我气恼地说，我看像是抽签的，我中彩了。老板骂说，喷你个粪，你也不想想，既然他们知道不是你，为什么还会怀疑你？这我还真想不出来。老板说，他们并不是一下子就来找你的，他们已经对你做了大量的外围调查工作。这可把我惊出了一身冷汗，原来他们已经了解了我更多的情况，说不定比我自己还更了解我自己。但冷汗过后，我又觉得大可不必，我又没有见不得人的事情，连和女朋友接吻都没有，因为我没有女朋友，他们做我的外围调查工作，爱做就做吧，他们只会做出一个比纯净水还纯净的我来。

　　我老板向来饶舌，又告诉我说，比如吧，他们带着你的照片，去了你长期定点送水的几户人家叫他们认。我放心地说，那有什么，什么也没有，我又没有偷过他们东西，我更没有杀人，他们肯定都说我好话。老板哼一声说，好话倒是有不少，可惜对不上号。我不知道什么叫对不上号。老板说，你的名字对不上号呗，有的人家说你叫这个名字，有的人家说你叫那个名字，你说，换了谁，谁不怀疑？换了我，我也会怀疑的。听说还有一个妇女，特别觉得你可疑，因为她问过你三次姓什么，你说了三个不同的姓，有没有这回事？

是有这回事的，原来那个妇女是假装记性不好，她干什么要假装呢？我真吃不透他们。

老板又说，不仅到客户那里调查，在我们水站也都问过了，他们好多人居然不知道你叫王什么，只知道你叫小王，你说你是不是令人怀疑！

摊上这样的同事，我也只能自认倒霉，我跟老板说，老板，以后我在我额头上和我背心上都写上我的名字，让人一目了然。你现在能不能告诉我，我到底在哪里惹上总部了？

老板这才告诉我，一个叫王天明的送水工，可能顺走了皇冠花园用户江一红的钥匙，还好那个用户没有报警，只是投诉到总部，总部就查到你了，你是叫王天明吧？

我说，我是叫王天明，可是有铁一般的事实可以证明，那个时间，我在别的地方。老板说，所以嘛，他们知道不是你，就走了嘛。

至于江什么红的钥匙，没了就没了，钥匙没了也不能说明什么，第一，还不能确定就是送水工拿的；第二，就算是送水工拿的，他也没有用钥匙干什么坏事，或者也许他是想干的，但毕竟没有干成，或者还没来得及干，总之是什么也没有发生，所以那姓江的换了锁，事情也就过去了。

我同事对这事情有新鲜感，因为刚才轮不到他们说话，现在他们也不急着去送水赚钱了，好像我的名字比那个更重要。我同事说，小王，你是叫王天明吗？我们怎么不记得你叫王天明？我来气说，你们有问过我叫王什么吗？你们喊我小王就足够了。

我同事都承认我说得对，所以他们说，既然你喜欢自己的名字，我们以后都不喊你小王，喊你王天明就是了，这又不难。

我才不会把他们的话当人话，我不认为他们有这么好的记性，他们才不会记得我叫王天明，就像我不记得他们的名字一样，彼此彼此，我们互不计较。

果然他们很快就失去了对我的名字的兴趣，四散送水去了。我却还坐着发了一会儿呆，因为王天明钥匙事件，我和我自己较上劲了，我甚至怀疑起自己来，难道顺走人家钥匙的那个人真的是我吗？

或者，难道真有那么巧，有一个人，和我一样的名字，而且也是个送水工。

或者有人冒用了我的名字。

可人家为什么要冒用我的名字呢？我又不是什么人物。

正在我疑惑不解的时候，小陈进店来了，他今天上班来迟了，没有赶上盘问我的现场。

接电话的大姐转告他，有个用户来电说饮水机脏了，请他送水时带点消毒液帮忙清洗一下。我说，小陈，你刚来不久就能兼带做清洁工了啊。大姐听我一说，有点奇怪，摘下近视眼镜，朝小陈看了看，又戴上眼镜重新再看看，疑惑地说，你是小陈啊？我一直以为你是小王呢，我新配的这副眼镜有问题，看人都走样。我说，我才是小王。大姐又摘掉眼镜朝我看看，说，嘿嘿，我这眼睛，长着也没什么用，还真分辨不出来。

大姐的话让我想起我还有一个对付小陈的分辨计划呢，只不过这时候我改变了原来设定好的慢慢试探的主意，开口就说，小陈，你同学说你已经死了。小陈比我想象的还要镇定，笑了笑说，是呀，有一次我给一个女同学打电话，她一听我自报姓名，尖叫一声就晕过去了。

我没料到他会这么说，我的思路有点堵塞，小陈见我发愣，提醒我说，大哥，我看出来了，你对我的名字有兴趣哦。我立刻否认说，才不，你不过和我一样，一个送水的，有没有名字，有什么样的名字，都无所谓。小陈说，就是嘛，既然你连自己的名字都无所谓，你管我的名字干什么呢？

瞧他那样子，嘴上喊我大哥，可看起来他却像我大哥在教导我呢，我心里不爽，自以为聪明地说，其实也不用那么悲观吧，总有一天，有人会关心我们的名字？小陈说，哪一天呢？我说，等我们死了，死了以后总会吧。小陈说，为什么死了就有人关心我们的名字呢？我说，人死了得安葬呀，安葬要立墓碑，墓碑上得写名字吧。

小陈却不同意我的说法，他说，也不一定哦，你没有见过许多无名氏的墓碑吗？我说，见倒是见过，但那大多是从前的人，比如烈士啦什么的，现在的人，哪还有无名氏墓！小陈仍然不同意，说，就算现在没有无名氏墓，但现在人的名字，真真假假，你真以为墓碑上的都是真名实姓吗？

我说不过他，心里又不爽，我说，这个问题，我们现在探讨还早了些，等我们死了以后再说吧。小陈说，我们不是已经死了吗？

我的手机响了，一看，是我同学发来的短信，说找到了小陈的照片，马上发过去让我看一看是不是我的同事送水的小陈。随后他就把照片发给了我。

虽然我对照片上的人是不是眼前这个送水的小陈，已经感觉没那么重要了，但我一看照片，还是晕了。

那竟然是我的照片。

我同学够糊涂，竟然把我和小陈搞混了。

不过也难怪他，我和小陈毕竟都是他的同学嘛。

等我清醒过来的时候，我老板正站在我面前，说，小王，总部来电话了，是那边搞错了，那个人叫王开明，不叫王天明。

那个人登记表格的时候，字写得太潦草，把个"开"字写得像个"天"字，王开明就成了王天明。

据说他们那边大家一直都喊他王天明，他也不反对，这个狗日的，够应付的，险些害我声名狼藉。

我老板还心有余悸地问我，小王，你确实是叫王天明，不叫王开明吧？我说，老板，你把一个人撕成两半，我就是王开明了。

谁在说话

高新被从总部派往某省的分部，这个决定对大家来说有些突然，因为事先并没有一点风声。一般人事变动，在酝酿的过程中，多多少少会有一些信息泄露出来的，但这一次似乎是谁在有意隐瞒，而且瞒得滴水不漏。

因此大家会对此事想得比较多比较远，似乎暗示着公司在人事问题方面会有新的大动作了。

其实他们是多想了，事情没那么复杂。几个月前的一次会议上，高新和总裁在厕所里遇上了，老大平易近人，问问高新的情况，高新说挺好，又问有什么想法没有，高新其实也没有什么想法，但既然老大关心，自己如果什么也不说，会显得不把老大的关心当关心，高新就随口说，在总部的岗位时间长了，如果有机会，想下去锻炼锻炼。老大当时只是"呵呵"了一声，看起来并没有往心上去。

但是其实老大对每一个人的每一种想法，都会牢牢记在心上，所以他了解他们。也所以，他是老大而别人不是。

等到某省的分部缺一个副总了，拿到会上讨论的时候，老大立刻就想到那个想下去锻炼的人，那就是高新了。

所以高新离开总部到基层工作，说起来是派下去的，其实更多的是高新自己临时的想法。幸好这个想法也没有什么大不了的，公司内部的这种上调下派，你来我去的事情平常得很，何况又没有提拔，平调暗升、平调暗降也都没有。

高新所在部门的正职快到年龄了，一旦这个警示摆日程上来，几个副部长之间，无论原先再怎么要好，无论现在再怎么看淡，都没有用了，事情就逼到你面前了，你是不可回避的。即使你自己真的很看淡，别人也会让你看不淡，别人也不相信你会看淡，大家都会想方设法让你心里纠结，让你连做梦的时候都想到这个敏感的问题：谁来接班？

好吧，你就刻意地避开，对这个话题不谈不说，但那些事不关己的同事，就会和你开玩笑，说，这么沉得住气，胸有成竹了吧。冤吧？那你就换一种姿态，你主动出击，见人就谈这个事情，以表示自己心里很放松。大家就说，你们看看，肯定已经十有八九了，要不怎么这么兴奋。总之，在这样的时候，在这样的一个阶段，你怎么表现自己无所谓也都是多余的。无人相信你。可同事说话那都是玩笑，你跟他们急也急不得，恼也恼不得，你急了，你恼了，正好说明你心里有鬼，你不急不恼，也说明你心里有鬼。再看看其他几位当事人，但凡听到这个话题，眼神慌张得让人不忍与之对视。人生真的很残酷哦。

所以在这个当口，高新忽然觉得，离开一阵也好。靠得太近，胶着太紧，让人觉得透不过气来，后退一步，天地也许会宽一点。

这甚至也不算真正意义上的调动工作，派下去一阵，又调回来工作，在公司也是常有的事，因为习以为常，大家也不太看重这种变动。但是高新的这次下派，却引起了不同的反响，有人说部长的位置非高新莫属了，现在提拔干部，有没有基层工作经验是很重要的，也有的从反面想，觉得那是为了让别人上岗，故意把高新支开，等等等等，各种说法都有。

最后，高新临走前两天，有几个人起哄要喝一场，结果临到真的要聚了，又因为各人有各人的事情，没凑成。高新心里，多少有一点被抛弃的失落感，没想到人情一下子就这么薄了。

现在不管它了。

现在高新已经来到另一个城市，另一个地方了。对于高新来说，这是个陌生的城市，在这个地方他是举目无亲的，孤身一人，暂时没有了纠结，没有了紧张的同事关系，他应该可以深深地呼吸一口新鲜而又自由的空气了。

他确实是呼吸到了不一样的空气，这是一个南方的城市，清爽，滋润，空气中甚至有点甜味，可是此时此刻，高新却没有新鲜自由的甜蜜感，他站在这个城市的火车站的出站处，眼前人山人海，没有一张熟脸，没有一句乡音，那一种被彻底抛弃的失落感再一次油然而生了。

还好，在强烈的陌生感中，他一下子看到了自己的名字。分部来接站的同事不认得他，特意举了一张纸，写着他的名字，使得高新能够在熙熙攘攘的人群中一下子找到自己。

分部的同行对他是很友好的，毕竟是总部派来的，不看僧面看佛面，远来的和尚好念经，大家都熟知这一套，更何况，总部对于高新的职务，虽然宣布是分公司的副总，而且也明确了分工，但谁也不敢保证这个上面派来的副总还有没有身兼其他职能，比如监督，比如探察问题，比如准备接班，等等。

所以分公司的总经理首先责成行政办要安排好高新的生

活，要住得舒适，吃得合适，过得恬适。然后，才是工作。

行政办得令先行，在高新到达之前，已经替他选好了住处。在离分部办公地点不远处，替他租下一幢酒店式公寓里一室一厅的套间。这个酒店式公寓，精装修，奢华却又是简洁的，而且出行方便，又闹中取静。大多数的户主，是这城里有点闲钱的中小户人家，买一套酒店式公寓用来投资保值，又可以出租赚点房钱抵了贷款。而大多数的住户，则是外来工作的白领，薪水高，住宿要求也高，孤身一人来这城市工作，房间不需要多大，要的是品味和适宜。

高新就是这样的一个典型，高新即将入住的这个套房，也是这样的一个典型。

就这样，高新既不用自己和房屋中介打交道，也不用和房主发生任何联系，一切的事项，连卫生打扫、检查电器之类的杂活，行政办都给办了，而且办妥了。高新今天拎包入住，哪一天如果又调回总部，仍然拎包走人，一切方便。

高新由行政办主任和另一位办事员引导着，进了房间，打量一下，实在是挑不出任何毛病。其实，即使哪里有点儿不足，他也不会说出来，他会自己克服的。但事实上分部行政办的工作真是得力，这房间几乎是完美无缺的，几乎是天衣无缝的。

其实，这幢楼和这套房的高质量，除了高新现在眼睛能够直接看得见的部分，还有一个最重要的特点，现在高新还不得而知，但是他很快就会了解的，那就是它的隔音效果，进了房间，关上门，简直就像进入了一座无人之楼，门外的一切，走廊的动静，电梯的声响，窗外的一切，远处的喇叭，近处的车声，一切的一切，都被隔离得无声无息，无形无影。

当第一个夜晚降临的时候，高新就已经体会到了这个特色。那时候，他收拾停当，躺上床，关掉了电视，平息了片刻之后，他竟然听见了自己的心跳声。

这地方，真是万籁俱寂啊。

这住处，真是太中人意了。

第二天上班，高新特意到行政办去表示感谢，行政办说，这是应该做的，而且是小事一桩。高新说，小事就能反映出行政办的良好工作作风啊。行政办的人员受到新来的高总鼓励，都很高兴，有一个人说，哎呀，我买的新房子在高架桥旁边，每天晚上都像地震，整死人了。另一个说，我神经衰弱，有一点声音就睡不着，偏偏对面的大楼平台上有一台巨大的锅炉，吵死人。等等等等。总之听了他们的话，高新只会更加觉得自己是幸运的。

高新的睡眠一直挺好，可是来分部工作以后，稍有点波动，这也是可以理解的，刚刚调动工作，心情不是太平静，所以晚上不能像从前那样倒头入睡，得在床上躺一阵子，有时候还会辗转反侧几下子。

这时候高新深深体会到，四周太安静啦，他努力地侧耳倾听，想听出一点动静来，哪怕是最细小最轻微的声音，但始终什么也听不到，一点也听不到。高新掏了掏耳朵，他觉得是自己的耳朵出问题了。但是掏耳朵不能证明自己的耳朵有没有问题，他又重新打开电视机，将它的音量调到更小、最小，还是能听见，耳朵没出问题，关了电视，四周又是一片寂静。

就这样，倾听，无声，再倾听，再无声，反反复复中，高新睡着了。

第二天，第三天，以后，一直是这样重复。

渐渐地，高新有了一个奇怪的习惯，每天晚上入睡前，总是竖起耳朵想听到一点什么声音，以此来证明自己的听觉没有出问题，甚至证明自己还是有听觉的。

到后来，高新依稀觉得，自己做梦的时候都在侧耳倾听了。

高新到公司上班，闲聊的时候，和同事们随便说起这个话题，他住的地方太安静了，安静得以为自己聋了。行政办的同志听到了，有点不乐，赶紧解释说，从前给别的领导安排住处，都是希望要安静的，没想到高总不喜欢安静。高新也赶紧解释说，不是不喜欢安静，只是觉得四周完全无声无息，不知道自己身在何处了。大家都笑，说高总真是个敏感的人，是当艺术家的材料。也有人提建议说，高总，你如果觉得太静，不妨试试开着电视睡觉，有许多人都是开着电视睡觉的，有人养成了习惯，关了电视就睡不着。

高新并不赞同这种不科学不健康的生活方法，何况他知道自己想要的并不是电视机里那种近近切切的实实在在的声音。

终于有一天，高新听到声音了，那是在他将睡未睡、不知道到底睡没睡着的情况下，蒙蒙眬眬中，听到房间里有人说话，没听得太分明，好像是在说欢迎什么什么。

欢迎？谁欢迎谁呢？怎么会有人在这里说欢迎词呢？高新一下子惊醒了，睁开眼睛，四处漆黑，声音没有了，仔细辨别，到底是梦里还是醒着时听到的声音，却怎么也辨别不出来，他又等了好一会儿，说话声再也没有出现过。

恐怕只能断定是他在梦里听到的说话声。

更何况，他的这个房间里，什么声音也进不来，怎么会听得见人说话的声音呢？除非说话的人就在房间里。

当然那是不可能的。

所以在这里要先说明一下，我们讲的这个故事，肯定不是鬼故事，和外星人高科技之类也没有关系，没有什么惊悚悬疑的因素，先请大家不要寄予厚望，以免最后大失所望。

第二天晚上，第三天晚上，以及以后的好些个晚上，高新都在等待着说话的声音就再度发出来，可是他一直没有等到。

一直到他不再等待了，朦朦胧胧将要睡去的时候，说话的声音就再次出现了，这一次好像不是欢迎什么什么，而是感谢什么什么。

感谢？谁感谢谁？感谢什么呢？

就像上次一样，除了勉强听出欢迎和感谢这两个词，其他说的什么听不清楚，但是，这是人说话的声音，他是能够明确分辨出来的，还有一点也是十分明确的，就是这说话的声音，肯定是在他的这套房子里，更确切地说，这声音是从他套房的外室——小客厅里发出来的，只不过等高新从床上跳起来，拉开卧室门，冲到客厅时，声音早就消失了。

如果只有一次，也许就算了，就算它是做梦吧，但是偏偏它又出现了一次，高新仔细地想了想，推断出一种可能：这房子是出租房，他来之前，肯定有别的住户住过，会不会是前面的住户遗忘了什么东西在这屋里，比如会说话的玩具，比如会模拟各种声音的电子产品，等等。

这个屋子里，有壁橱，有碗柜，还有写字台的抽屉，都可能有东西在里边，高新甚至有点兴奋，有点猎奇，他在屋里四处寻找，结果呢，你们应该猜得到，他一无所获。

高新放不下这个声音，他去行政办了解了一下，他入住之前，这屋子是什么人住的。行政办并不清楚，他们是直接和房屋中介打的交道，只关心能够给新来的领导找一个好住处，并不关心前面是谁住的。

高新撇开他们，自己直接去了房屋中介公司，从那里他了解到，在他前面，是一对新婚夫妻住的。他们婚期到了，婚房却被房产公司拖延了，只能先租个小套过渡一下，把婚结了。租了十个月，婚房到手了，他们就搬走了，高新就搬进来了。

高新刚进去时，房屋中介很热情，介绍说，我们公司的房很好租的，今天退房，明天就有人租，你住的这套房，也是刚刚退掉的。等高新提出来想要这对小夫妻的联系方式时，中介方面顿时警觉起来了，现任住户和前任住户要联系，这在他们的经营中，还是头一次碰到，有这个必要吗？他和他们见面想干什么呢？

他们当然能够从高新脸上看出一些疑虑，他们问高新，你是怀疑他们吗？你怀疑他们什么呢？他们有什么可怀疑的呢？

高新赶紧解释说，我不是怀疑他们什么，我只是想跟他们了解一下，他们住的时候，半夜里有没有听到有人说话的声音。中介那妇女惊叫了一声，说，半夜有人说话？你不要吓我啊，这又不是老宅子。高新说，我不是那个意思，我也不相信迷信，我只是觉得半夜有人在房间里说话。那妇女更恐惧了，说，你没有搞错吧，会不会是你梦游啊？另一个中介的人说，前面肯定是没有的，前面要是有，他们怎么不来向我们反映？再一个中介的人似乎喜欢开玩笑，说，难道墙壁会吸音，把人家小夫妻说的话吸进去，现在又放出来了？

他们最后还是把小夫妻的联系方法提供给了高新，那个喜欢开玩笑的人，还跟高新说，要是捉住了鬼，就告诉他一声，他从来没有看见过鬼，很想见识见识鬼长得什么样子。那妇女赶紧呸他，骂他不吉利。

那倒也是，搞房屋中介的，要是和鬼攀上些关系，就准备着关门打烊吧。

高新得了小夫妻的手机号码，就直接打了过去，接电话的是女方，高新没想到他们留的是女方电话，一般租屋之类，应该是先生出来办的，他们家太太出来办，要不就是先生太忙，要不就是太太很能干，这个高新管不着，但是对着一位年轻的女士，高新还真不好随便开口说这事情，女士一般都胆小一点，就像房屋中介所的那个妇女，不说话看上去还蛮强大的，他一说半夜屋里有人说话，她就尖叫起来，到底是妇女啊。

　　高新愣了片刻，那边有些奇怪，"喂"了一声，说，你找谁啊？高新犹豫着说，请问一下，您和您先生，以前租住某某公寓几零几室吧？那女士情绪很好，口气十分热情，说，是呀是呀，我们拿到新房了，才搬出来不久，您有什么事？您是中介公司的吗？高新说，我是你们后面的住户。那女士又笑说，哦，那我们是邻居，哦，嘻嘻，不对，不是邻居，我们是同房，哦，哈哈，对不起，我不是那个意思，不过我还真说不出我们之间的关系是什么关系呢。高新也说不出来这算是什么关系，在人与人关系的称谓中，恐怕真没有这一条，他只是觉得这位年轻女士特别兴奋，虽然他不知道她为什么这么高兴，他也拿不准，如果这时候他直接告诉她，他在她曾经住过的房间里，听到莫名其妙的人说话的声音，她会是什么反应？高新最后还是觉得没法直接和她说，他想要她先生的电话，就问了一声，你先生呢？她马上告诉高新，她先生已经被单位派到外地去工作了。听到高新"咦"了一下，她也很敏感，马上又说，是呀，人家都觉得不应该，我们刚刚新婚不久嘛，不过，工作需要嘛，我应该支持的。哎哟，不好意思，我正在 QQ 聊天呢，人家来催了，拜拜。也没有问高新给她打电话有什么事，就挂了电话聊天去。

　　第二次的电话，不知怎么一搞，又被她的过度热情搞得无法开口。第三次打通了手机，高新干脆直接问她先生的手机号码，她笑着说，哎呀，你这个人，扭扭捏捏的，你要我先生的手机就直接跟我说，你打了三次电话才憋出来，多难受啊。就将她先生的电话告诉了高新。

高新给那位先生打电话，先报了名，然后说，我是你们从前租住的那套公寓的现在的住户。对方立刻警觉地说，你是谁？你说你是谁？高新又重复了一遍，觉得自己说得很清楚，没有口误，对方的怀疑却更加明显，说，你什么意思，你想干什么？没等高新再解释，又说，现在骗子的花招层出不穷，推陈出新。高新说，我不是骗子，你的手机号码也是你太太给我的。对方一听这句，顿时打了个嗝，愣了一会儿，说，什么，什么，她把我的手机号码给你，让你给我打电话？高新说，是——呀，一个"呀"字没出口，对方就掐掉了手机。

大约过了一两天，对方的电话主动打过来，高新心里刚刚一喜，就听对方骂道，你个狗日的，原来就是你个狗日的在网上骗我太太。高新说，你误会了，你一定是误会了。那边说，怎么可能误会，有铁证，我让朋友查了她的手机通信情况，三次以上的联系，就是你！高新说，我那是想找你的电话。那边怒道，你找了我的电话，想和我摊牌还是怎么的！你狗胆不小，给我戴了绿帽子，还敢跟我叫阵？高新说，你这是哪里跟哪里啊？那边说，哪里跟哪里，你装孙子是吧？我就告诉你，我早就发现，我刚刚调到外地工作，我太太那儿就出问题了，我留了个心，知道她是网恋了，还恋得热火朝天的，不过网恋嘛，我也不怎么看重它，很快会过去的吧，没想到你个狗日的，竟敢公开跳出来。高新知道他是彻底地弄错了，赶紧说，你搞错了，我没有和你太太网恋，我是因为，因为——在这样的情形下，在对方如此的心情下，他觉得实在无法说得清楚。但如果不咬牙说清楚，事情会越来越误会，越来越糟糕，高新硬着头皮说，你听我说，你们曾经住过的那套公寓，现在我住在里边，我经常在半夜里听到有人说话，房间里又明明没有其他人，我搞不明白，只是想问一问你，你们从前住的时候，有没有这种现象？那男的一听，更是勃然大怒，什么？你什么意思？你的意思是，我们还住出租房的时候，她就有外遇了？半夜里就偷人了？

　　高新彻底失去了再和他说话的想法，他挂了电话，长吁短叹了一阵。怎么不呢？真是家家有本难念的经，谁能想到，这对幸福的小夫妻，已经搞成这个样了呢。

　　后来这个男人倒也没再来纠缠高新，估计是知道自己搞错了对象，也没脸再来了。

　　可是高新的问题还是没有得到解决，偶尔的，他还是在半醒半睡时分，听到有人说话，就在屋里，他努力想搞清楚一点，听到说话声的时候，到底是醒着还是在梦里，但始终分不清楚，搞得精神都有点异常，一会儿以为是梦境，一会儿又以为是幻听。

他还回头去分析曾经听清楚的"欢迎"和"感谢"这两个词，谁会和他说欢迎和感谢呢？难道是分部的同事跟他开玩笑，但这玩笑又安放在哪里，躲藏在哪里呢？

高新听从了同事的建议，去看了一趟心理医生，医生给他做了各种测试，没有发现他有心理上的问题，建议他说，既然你一心要解开这个结，既然你放不下这个谜，你就牺牲几天睡眠，晚上你设法让自己一直醒着，如果再有说话声，你就能判断是真的有人说话，而不是梦境了。

高新依了医生的建议，晚上喝咖啡，喝浓茶，坚持不睡，坐等天亮，但是等了几天，也没有说话声，实在熬不下去了，就睡着了。

这招没成，再换一招，麻烦同事，请他们来陪他同住，可同住也没用，没有一个人半夜里听到有人说话的，他们都说自己没睡着，但谁知道呢，也许他们都睡着了，或者，根本就没有人说话。

等到这些招都一一试过了，一切又回到原来，高新独自一人的时候，高新将睡未睡的时候，说话声又出现了，这一次，高新听到更多的内容，但仍然是断断续续的，不连贯的，比如他听到一个词优尔敏，以为是一种抗过敏的药，上网查药，没有查到这种药；还比如他听到一句比较完整的话：给您提供完美的享受。这句话让高新吓了一跳，该不是夜店的小姐找上门来了吧。

当然不是。

根本就没有人在说话。

高新的不宁，虽然不是行政办造成的，但多少也给了行政办一些压力，他们很想替高新分忧解难，但又无从下手，思来想去，只有再找房屋中介，因为房子是从他们手里过来的，房子到底有什么问题，不问他们问谁。

可是房屋中介也很冤哪，说，前面的租户住的时候，明明很正常，为什么到了你们这里，就冒出个半夜说话的倒怪吓人的事情呢？这个问题行政办的人被将了一军，回答不出来，但这恰恰提醒了高新自己，高新赶紧问他们，在那对小夫妻搬出去之后、我住进来之前，房子有没有什么变化？你们在这屋里有没有增添什么东西，有没有拿掉什么东西，有没有换上什么东西？

房屋中介赶紧查记录，查了半天，说，也没有什么呀，真的没有什么，就是换了个门铃。

门铃这算什么呢，门铃最多只会放音乐，怎么会有人在门铃里说话呢?

仍然一无所获。

但其实还是有了收获的。很快高新就有了一条新的线索，这是单位的一位女同事提供的，女同事心细，也很关心高新碰到的这个事情，就上网去查，输入门铃两字，结果果然受到了启发。

高新和同事一起来到公寓，按门铃，门铃发出清脆美妙的音乐声，很正常，再把门铃拆下来看看，也看不出什么名堂。那女同事说，网上说的，断电，断了电，电再来的时候，会有变化。于是他们将电闸拉断，稍等一会儿，再重新推上，果然，门铃说话了，门铃说人话了：欢迎光临优尔敏企业。

坑爹啊。

这门铃神奇，如果半夜里断了电，再来电，它半夜里就说上人话了。所以呢，你等它说话的时候，它不说，因为那天晚上没有断电；你不等它的时候，忽然断电又来电，它就说话了。

事情终于水落石出了，行政办替高新换了门铃，新门铃质量得到保证，怎么断电，怎么按，都不再说人话了。

现在高新又回到了刚来时的状态，房间真安静，每天入睡前，他都会侧耳倾听着任何可能听到的一丝丝一点点的声音，来证明自己的耳朵没有聋。什么东西也听不见的耳朵，那叫耳朵吗？

高新在这些寂寞的夜里，想念和依恋起先前给他带来麻烦的吓人的门铃来，他甚至想换回那个门铃，想让它在夜深人静无声无息的时候忽然地说上几句话。

高新跑了几家装饰商场，都没有那个优尔敏牌子的门铃，就上网去找，网络真宏大，一找就找到了，赶紧网购，没几天，快递来了，高新立刻自己动手，重新换上优尔敏门铃，换上以后，迫不及待地拉了电闸，再推上电闸，门铃却不再说人话，无论高新怎么反复地拉闸断电和推闸送电，它都死活不说人话。

高新到网上去问是怎么回事，那个看不见的空间回答说，以前那个会说话的门铃是次品，生产中出了问题，后来他们企业整改了，现在保证质量，请用户放心，决不会再出现门铃说人话那样的问题了。

又过了些日子，高新被调回总部去了。

回总部不久，高新和几个同事出差，因为会务订房出了点意外，只能和另一个人同住。

第二天早上，同住的人说，高新晚上说梦话，说欢迎使用优尔敏产品。

大家问高新，优尔敏是什么，是避孕套吧？

下一站不是目的地

引 子

老许是个会精。就是说，老许开会，开出丰富的经验来了，开出很高的水平来了，开出让人望尘莫及的先进性来了。

总之就是一个字：精。还有四个字：精到家了。

精就是精明，精到，精确，精细，精巧，精干，精通，精彩，等等等等，反正关于老许的开会，到底有多么的赞，说什么都是不为过的，用什么形容词也都是合适的。在长年累月的会议过程中，老许总结出一套会议大法，并且付诸行动，而且每次都能得逞，都能做到滴水不漏，旗开得胜，实属不易。

其实，开会要开得好，并没什么难的，只要你老老实实到会，老老实实完成会议规定的内容，不就成了吗？但老许不这么想，那样开会，体现不出一个"精"字，老许的精，体现在既不老老实实地到会，又不完成会议规定的内容，却能够把会开好，开得圆满，开得顺利，达到预期的目的。

这就是说，老许在安排每一次行程的时候都精打细算，把时间安排得合情合理，滴水不漏，每个时间段都衔接得严丝合缝。再说得朴素一点吧，就是要用最短的时间，开出最理想的效果。

为什么要用最短的时间呢？我们只知道这是老许的原则，不知道为什么。以后也许我们会知道为什么，但也许我们永远也不知道为什么。

先说从前。从前开会，一般是很有规律的，无论会期长短，总是先报到，然后再统计返程的票务，有时候是在报到的时候发一张表让你自己填，如果会议时间较长，报到的时候还不填返程呢，到会议开起来以后，自会有人来通知你，让你填报，基本上是万无一失的。当然也不是没有一失的时候，有一次老许的返程就被会务组遗漏了，结果大家都拿到了返程票，老许还蒙在鼓里。一直到大家准备行装该走人了，老许才发现了这个问题，会务组也才发现自己犯了错，可那时候的车票，不像现在这么方便，订了票都得过几天才能拿到。所以老许就不得不留了下来，大家都散了，留老许一个人，会务组觉得很对不住老许，可是老许却蛮愿意，这地方，好山好水好吃好喝，家里又没有什么要紧的事，会务组为了表示歉意，还特意派了一位年轻美貌的姑娘专门陪同老许。老许自然是乐不思蜀。

这就是从前。从前出门开会，因为交通的原因，因为大家出门机会少的原因，因为其他种种的时代的原因，似乎都愿意在外面多待几天，有一年老许到四川出差，就足足走了二十天，四川这地方太好了，可看的地方太多了，从成都到九寨沟，路上就得走几天，再回来上峨眉山，绕过去再去都江堰，再上青城山，然后再到乐山看大佛，那一次的开会出行，让老许记忆深刻，老许真觉得自己的足迹踏遍了四川大地。但后来他听人说，你差远了，那几个地方，只能算是四川的门面而已，四川的精华，你还没沾着一个边呢。老许不服，他还没听说有比九寨峨眉更精华的四川。人家说，四姑娘山夹金山你去过吗，最后的香格里拉稻城亚丁你去过吗，海螺沟冰川温泉你去过吗，什么什么你去过吗，你连这些地方都没听说过，你还有资格说走过四川了？

老许方知天有多高地有多厚。

其实老许也许并不知道天有多高地有多厚，只是他自己以为自己知道。这也挺好。

这都是说的从前开会，总结归纳起来，就是因为从前条件差，出门机会少，一般出去开会出差，恨不得时间越长越好，等于变相公费旅游嘛。时间越长，旅行越多，占公家的便宜也越多，何乐而不为？

因为会议时间长，所以，那就是个开会开出许多故事的年代。

有一次水路漫漫，大伙坐了几天几夜的轮船，结果结成了几对情缘，这真是千年修得同船渡啊。其实那一次老许和其中的一个姑娘也是你情我意，但是因为自己已经有了对象，就没有发展起来。

那样的年代一去不返了。

就说现在了。现在完全不一样了，现在的人一个比一个火急火燎，不要说人到了会场完全没有心思开会，就算是艳遇送到面前，眼神还没对上呢，人就已经返回了。

真是惊鸿一瞥。

不过你可别小看了这一瞥，在一瞥之间，得做完很多事情哦。

这些事情中没有填报返程票这一项，因为返程票在出发前自己就订好了。自己订票，就有主动权，想早一点走的，就不用等会议全部结束，可以先开溜，如果遭遇反对或挽留，就有说辞了，你看我票都订了，再退票改票，多麻烦。谁不怕麻烦。

所以基本上每次都是一个模式，大多只住一个晚上，头一天到，该拿的红包拿到了，该领的礼品领到了，最关键的，是要隆重地把当天的晚宴应付过去。

那是会议的第一个高潮，也可能就是唯一的高潮。许久未见的关系户们，在这一顿酒席上会特别亲热，常常有人喝高了，第二天开会时小脸蜡黄满面苦色，心里暗暗发誓下次再也不喝这么多酒了，什么人呀，跟他们这么个喝法，简直是拿命拼，值吗？

值呀。要不然，怎么下回又忘了，又喝了呢？

虽只是吃个饭，却是重点，是整个议程中最重要的规定动作。所以，当天下午的报到时间，不能太晚。有时候你贪图节省一两小时的时间，买了迟一点的航班或车次，错过的可不仅仅是一顿饭，而是一次最佳的公关机会和沟通方式，老朋友没会上，新关系没接上，你想晚些时候再去进行这些交流吗？必定效果欠佳，晚宴后的安排，洗脚掼蛋，飙歌泡吧，那都是十分投入，忘情忘我的，那是不容得有人插足捣乱，攀谈套近乎的。

那你还想等第二天开大会时再套吗？恐怕也有所不便了。你可以早早地到会场去，你去候着该打招呼的人吧。但即便你到得再早，可你早他不早，等他到会场的时候，离开场的时间也不远了，你最多能够抢上前去握个手，露个脸，已经算是最佳效果了。那与头天晚上把酒言欢，耳鬓厮磨那场面可是相差太多，不可同日而语。

好了，所以了，头天晚上的宴请你是不能迟到的，但仅仅做到不迟到，那是远远不够的，更重要的是在酒桌上的态度和水平，更重要的是在整个酒席中的掌控和把握。

因为老许在漫长的众多的会议中逐渐积累了许多宝贵的经验，他最懂得大家的心思，所以，老许在这一圈会议人中，渐渐地成为了中心。大家一到餐厅，都会喊老许，老许，老许来了没有。

老许来了，他下午就到了，稍事休息，在宾馆房间里还垫了些点心下去，以便能够豪爽地干了头杯酒，又不伤胃黏膜——哦，我们就不再细论晚宴前的准备，也不再讨论晚宴的过程了，要是愿意展开来谈，一顿晚宴写一个长篇也是有可能的哦，那对于性子急的人，急于要结果的人，岂不是要急出人命来哦。

现在，晚宴终于在高潮中结束了，喝高了的人都得放倒去了，喝得恰到好处的人酒足意满。当然也还会有个别的人仍然追着人要继续喝，大家会说，算了算了，你已经高了，他不服，说，说我高了？我们再喝，看到底是谁高了。

如果是在从前，一定会有人上当，留下来陪他继续喝，结果是不容猜测和怀疑的，你们也一定都有类似的经历和经验。但现在的人，都比过去聪明了，看到一个人喊着嚷着还要喝的时候，大家都赶紧离他而去了。

怎么老是在酒席上打转呢？赶紧走吧，这可不是我们要说的唯一的重点，后面还有诸多的重点呢。比如第二天上午的大会就是另一个重点，你得坐到你的位置上去，那位置也许就在主席台，也许不在主席台，但无论位置在哪里，你的位置是代表单位的，你坐在你的位置上，说明你的单位在这里是有地位的，是举足轻重的，是必不可少的，反过来，如果你的位置空着，影响的不仅是你的名字，更是你单位的信誉。

开过这个大会，事情就好办多了，接下去的议程，或者分组讨论，或者大会发言，或者游览参观，最后还有大会总结，等等，这似乎都不太重要了。虽然会议要求没有特殊情况不得请假，不得提前离会，但是老许是有特殊情况的呀，要不然，他怎么来之前就预订了返程票呢?

老许基本上每次都是这时候就返程了。

老许有什么特殊情况呢? 这其实一直是个谜。别说与会的其他单位的人不知道,起先连老许自己单位的同事也不清楚,他们只是看到老许每次外出开会,都会提前回来,觉得奇怪。一开始大家认为老许肯定是怕老婆,就当面揭穿了老许,还嘲笑了他,老许也不反驳大家的嘲笑,还附和着跟着大家一笑,大家以为猜中了。可是有一次老许的一个同事碰到老许的老婆,无意中跟她开玩笑说她把老许管教得好有规矩,连外出开个会,都得提前赶回来。结果老许的老婆说,他提前赶回来了吗? 他回家了吗?

这句反问如雷贯耳,醍醐灌顶,怎么不是呢? 开会提前的时间,应该是老许省下来的自己的时间呀,如果是家庭需要,他应该回家呀,他既然不回家,那他提前回来干什么呢?

大家就自然而然朝另一个方向去怀疑了。怀疑什么呢? 这大概猜都不用猜,你们一定早就想到了,二奶啊,小三啊。这猜疑很快传到了老许的耳朵里,老许的反问和他老婆如出一辙,老许说,我开会是提前回来了,但是我提前回来不是都直接回到单位了吗? 要不然,你们怎么知道我提前回来了呢?

这也对呀,老许似乎没有小三呀。但既然这也没有,那也没有，你每次都这么急急忙忙，火烧火燎地赶回来干什么呢？

同事的胡乱猜测，虽然很无厘头，倒是提醒了老许，老许想了，既然同事会怀疑他，老婆说不定早就怀疑他了，她却不说出来，她的想法隐藏得很深哪，想想真有些后怕的。

过了几天，又外出开会了，老许又提前回来了，这回他真的提前回家了，开进门去，发现老婆的脸色十分惊异，问他说，你不是说开三天会吗，怎么一天就回来了？老许得意地吹嘘说，我把三天的内容一天就解决了，怎么样，给你个出其不意，措手不及，服了我吧？老婆又怀疑又生气，说，你什么意思，你想捉我的奸？老许很无辜，说，这是上班时间，我怎么知道你在家？老婆说，我明明跟你说过，今天我调休，你是故意的，你存的什么心？被老婆无理取闹地闹了一下，老许以后开会提前回来，再也不敢先回家了，还是直接到单位吧。

其实大家对于老许的不理解，老许自己也不怎么理解。他也反复问过自己，反复劝过自己，何必呢，何必呢？但是，问归问，劝归劝，只要哪一次的行程没有做好提前返回的安排，老许就会心慌慌的，总觉得哪里不对劲，细想想，没有哪里不对劲，再细想想，哪里哪里都不对劲，只要行程一落实了，能够在老许自我允许的时间范围内离会返回，老许的心就踏实下来了，就像占了什么大便宜似的。

其实老许占了什么便宜呢？什么便宜也没占着，说他成功逃会，心就踏实了，那也只是一个短暂的过程而已，因为很快又有一个新的会议来临了，很快他又要重复那一套程序，周而复始，一遍又一遍，有意思吗？

当然老许还是会安慰自己的，他想，每个人活着，都会有自己的乐趣，老许赶会，老许逃会，就是老许人生的乐趣所在了。

这一天，老许又急急地赶回来了，当他踏进办公大楼的时候，心中一阵庆幸，迎面就看到老板匆匆走过，老板好像没有看到他。这无所谓，做领导就是这样，就应该这样，忙的时候，心里有事的时候，是不需要停下来和下属打招呼的。

但是忽然，老板停了下来，看了看老许，说，咦，你不是开会去了吗？老许略带骄傲地说，嘿，回来了。领导说，这么快就开完了？老许说，会倒是还没有结束，但是我的任务完成了，就提前回来了。老板特别高兴，拍了他肩膀一下，说，太好了，这一阵人都在外面忙，刚刚又来了一个会议通知，我正愁没人去呢，既然你提前回来了，你就辛苦一趟吧。话音一落，老板人已经走出去老远了。老板实在太忙了，在单位里走路都是带小跑的。

老许看着老板的背影，愣了半天，抬起手，"啪"地打了自己一个嘴巴，骂道，赶赶赶，你往哪里赶？失手打重了，很疼，他又揉了一下，自我安慰说，不赶，不赶又到哪里去呢？

怪就怪老许的爹妈，给老许取了个名字叫许多会。本来爹妈也许是想让老许成长为一个许多都会的人才，结果，老许长成了一个开许多会的人才。

正　文

老许打了自己一个耳光后，还是得接受现实，接受一个新的开会的任务，重新启动一套新的线路规划和日程安排。

老许的成功逃会，和老许做功课是分不开的。有的同事出去开会，临到出门，还不知道到哪里开会呢，更不要说一路的行程怎么怎么走，到了目的地，开会又得花多少时间，都不管，反正闭着眼睛就上路了，不吃苦头、不耽误时间才怪呢。

有时候，如果会议地点比较偏僻，行程的线路比较复杂，老许做功课的时间，甚至比开会的时间还长。

这会儿，老许把老板交下来的会议通知认真看了一遍，迅速地判断出，这是一个务虚的会议，往好里说，就是平时大家理解的神仙会，休闲式的，轻松的，在青山绿水之间，在云淡风清之中，就把会议的内容搞定了，往正里说，就是宏观地研讨明年的工作思路。

会议有多种开法，要看到会的领导级别，要看会议的主要内容，要看选择的会议地址，要看会议的会期，等等等等，但毫无疑问，老许这一次要参加的会议，肯定是最惬意的一种会议。

但是不管会议有多么的宽松，有多么的舒适，老许逃会的习惯是不会改变的，所以老许还是得做功课，把一切安排妥帖，他才能放心地上路。

其实他现在是有点不放心的，也是这次会议唯一不能让他放心的，就是这个会议的地址。从地名上看，有点陌生，会议通知上写着是一处国家 4A 级景区。这样的景区在全国到处都有，也不知道到底有多少，但肯定是多得数不过来的。老许这些年出差开会，几乎到处都能看到 4A、5A，对于开会的人来说，关键还不在于 4A 还是 5A，关键是通往 4A 或 5A 的交通方不方便，路途顺不顺畅。

经过一番搜索了解，老许弄清楚了，要到达这个会议地址，有两条线路，一是飞机，下飞机后，再上高铁，再从高铁改到高速，最后还有一段省道。二是直接上高铁，再转另一个高铁，再到高速，再上省道。这两条线路的后半段是一致的，是同一条路，但前半段有所不同。关于这前半段，现在老许心里有两个时间表，很清晰，很精确。

表一：飞机＋高铁，行驶时间为五小时。表二：高铁＋高铁，行驶时间为八小时。按照以往老许的自我要求，一切围绕节省时间来制订方案，老许应该选择表一。

可是这一次，老许选择了表二。这是老许积长期之经验做出的决定。

表二，虽然时间看起来多了几小时，但是省去了在 A 城上飞机场的两小时提前量，又省去了从 B 城飞机场到 B 城高铁站的一个多小时周转量，更重要的是，这是在秋天，是多雾的季节，因为大雾而延误航班，那是家常便饭。

所以老许毫不犹豫地确定了这一次的行程路线。

对于这趟旅程，老许基本上是放心的，前面从高铁到高铁，再从高铁到高速，都有把握，网上都能订到票，唯一没有十分把握的就是最后的那一段省道，是在一个县城里坐车，往风景区去，网上查不到这个县城的长途车情况，更订不到车票，按网上的说法是"不支持该目的地"。不过老许也不是十分担心，因为是去往著名的风景区去，风景区是什么？就是钱嘛，在金钱面前，想必会是处处得到"支持"的。

老许又一次上路了。他信心满满的，两天以后，他又可以逃会提前回来了。

老许这一路，坐了高铁，再转高铁，转了高铁，再转高速，前往 D 县。时间衔接得真是严丝合缝。

坐上了新崭崭的高速大巴，看着沿途陌生的大地和村庄，听着车上乘客的异乡口音，老许竟有一种恍若隔世的感觉。他从清晨出门，到这会儿，不到十小时时间，似乎就已经换了一个世界、换了一个人间。

老许真不该有这样的念头，念头刚一出现，就出事情了。本来车子行驶得好好的，车上也很安静，没有人说话，老许刚想眯了眼睛打个瞌睡，忽然间就看到坐在他前排的妇女从座位上跳了起来，尖声叫喊道，我的孩子，我的孩子！

车上顿时混乱起来，原来刚才到服务区下去休息上厕所时，那妇女把孩子带下了车，结果上车时却忘了把孩子再带上来，一直等到车子重新上了路，开出一段，她才想起了孩子。

她的丈夫抬手扇了她一个耳光，骂道，丢丢丢，你竟敢丢孩子，你怎么不把自己丢掉！那妇女哭道，我看到车要开了，就急忙赶上来了。丈夫又一个耳光，骂道，赶赶赶，你个傻×，你赶死啊！妇女挨了两耳光，反倒不哭了，竟也凶了起来，回嘴说，你还骂我？你才傻×，我爸明明跟你说了，说今天的日子，不宜出行，你偏要赶，你还说我赶，是你自己要赶，你才赶死。那丈夫的气势，一时间竟叫妇女给压了下去。那妇女又继续骂道，赶赶赶，这一年，我跟着你赶了多少地方，你赶安逸了没有？你赶到哪里你都不得安逸，现在好了，孩子丢了，你安逸了！

老许听他们只顾着互相指责谩骂，觉得奇怪，忍不住问了一句，你们不找孩子了？

老许一说，才提醒了他们，他们急急地赶到司机身边，一个说，司机，快停车，另一个说，司机，快回刚才那个服务区。司机斜眼瞄了他们一下，说，高速上不能随便停车，更不能掉头，刚才那个服务区，更是回不去了。

那妇女顿了一顿，又重新大哭起来，那丈夫又重新开始骂人，大家都心烦，但也没有主张，还是老许提醒他们说，别哭了，别骂了，赶快报警吧。

于是赶紧给警察打电话，警察动作倒是很快，很快去了那个服务区，电话打过来了，说服务区没有孩子，妇女复又大哭。

车子好不容易开到一个出口处，司机打个弯，车子就要下高速了。可车上一个乘客却喊了起来，不对不对，怎么这里就下高速呢？我还要赶时间呢。司机回头朝他翻个白眼，说，你赶时间，人家的孩子就不要了？那人自知心亏，才不吭声了。

车子到了收费站，停了一段时间，等警车到了，把那对夫妻带走，才又重新上路。可这么一折腾，时间有点晚了，老许看着渐渐黑下来的天色，前去问司机，县城的末班车是几点，司机没好气地说，末班车，早开走了。

老许回到座位上，心情有点乱，还好，旁边的乘客是这条线的常客，问老许说，你是要到景区去吧？老许奇怪地说，你怎么知道？那乘客说，这个时候，你们外地来的，到县城，除了到景区，还会到哪里？那县城，又没有什么东西，什么也没有的。见老许点头，那乘客又说，你放心，汽车站的末班车可能开走了，但是到景区还会有其他车子的。老许不解，问，那是什么车子？那说话的乘客没有回答他，只露出一个"你连这个都不知道"的笑意。

他这一笑，老许放了点心，估计那边会有车子。

到得县城，末班车果然开走了，汽车站的门也关了，但站外确实有车在等客，在招揽生意，老许这才知道，这是黑车。

老许上前看了看车况，不怎么样，但是如果不坐黑车，他就得在县城住一个晚上，不仅赶不上明天上午的会议，还破坏了老许的全部行动计划。

老许上了黑车，先买了票，票价很便宜，老许以为搞错了，问了，卖票的说没错，就这价。老许心想，还好，不算太黑。

车虽然不算太黑，天却已经很黑了，车子却一再地不开，老许急了，说，你们说是六点开的，现在几点了？没人理他，也没人告诉他为什么不开，但这一点老许还是能明白的，他们在等人，他们要等到更多的人上车。老许问他们要等多久，终于有个人说，等坐满了。老许急得叫喊起来，说，你们怎么不守信用？他们又挖苦他说，你以为这是你的专车啊？不等到人满，我们怎么赚钱？老许说，你的车票太便宜了，你提高票价不就行了吗？不料这话一说，立刻被所有的人臭骂一顿。

一直等到人差不多满了，车才开起来，开了一小段路，路边有人招手，车就停下来上客，又开一段，又有人上来，如此这般，不停地停车，上客，很快就超载了。后来上来的人，没有座位，就蹲在车厢里，车子颠的时候，他们干脆坐到地上，身子跟随着车子摇来摇去。

即便如此拥挤了，车子还在继续搭客，老许实在看不下去了，跟他们商量说，行了吧，行了吧，你们数一数人头，超载都快百分之五十了，太危险了。人家说，五十？二百五都无所谓的。老许又提醒说，你们这样不行的，你们这样要出大事的。

卖票的有些不高兴了，说，你要是不想乘我们的车，下一站你下去吧。立刻下车的想法确实在老许的脑海里一滑而过，他问道，下一站是哪里？全车的人都哄笑起来。卖票的说，我也不知道下一站是哪里，你要到哪里就到哪里吧。

车子果然就停了下来，不过不是老许下车，而是另两个人又上车了。其中有个大块头，他踩上车的时候，车身晃了几下，老许心里怦怦乱跳，好像随时要出祸事了。

老许真的生气了，他也不理卖票的了，走到前面跟司机说，我要举报你们。他掏出手机，表示自己并不是口头威胁他们，他是真的要打电话举报了。车子这才停了下来，司机才不吭声，他只管开车，卖票的求他说，不要举报了吧，举报了谁也到不了地儿。老许说，也不能为了到目的地，就拿生命当儿戏啊。卖票的见求不动他，只好朝后面喊，喂，后面的几个，加塞加上来的，你们下去吧。

后面的几个倒也听话，从地上爬了起来，往前边来，还拉着拽着乱七八糟的行李，司机打开车门，等他们下去，正好老许站的位子，挡住了他们下车，卖票的朝他说，这位老板，你先下去让一让他们，等会儿再上来。

老许一下车，车门"砰"的一声就关上了，车子一溜，开跑了，老许才知道上他们当了，不过他奇怪他们的配合怎么这么默契，简直是天衣无缝。

现在老许有麻烦了，被半路扔下了，老许朝远处看看，还算好，扔得不算太离谱，前面有一片灯光，估计离风景区也不远了。

老许一个人走着夜路，天气不冷也不热，在黑夜里，在陌生的乡间，就这么走了走，似乎也没有那么生气了，心情也不那么焦虑、那么着急了。本来也是嘛，事情到了这一步，你再急，又有什么用呢？你再精心设计，你再滴水不漏，到了这样的地方，在这样的处境中，你一点劲都使不上。

干脆就不使了，老许朝着灯光处走去，走到那儿，才知道还不是风景区，是一个沿途的小镇，入口处立了一块牌子，牌子上写着：红军镇。想必是当年红军走过的路。

这里没有车了，黑车也没有，老许今天晚上是不可能赶到风景区报到了，他精心设计的基本上完美无缺的行程全部改变了，但奇怪的是此时老许的心情却渐渐地平静下来了，他已经不再想找车子去往风景区了，连到风景区开会然后再逃会的想法都已经渐渐地抛到脑后了。

在老许漫长的开会的人生中，他从来不是一个轻易改变自己计划的人，而现在，在这个陌生的小镇上，是什么东西让他变成了一个屈服于现实的人呢？

其实，关于这个问题，老许压根儿就没有去想。此时的老许，只有一个想法，在这里找一个小旅店住下来。

老许想到小旅店，小旅店就出现了。当然这也是很正常的，本来小镇就很小，只有一条街，唯一的旅店就在街的中心，老许往前走了几步，就看到了旅店的店招牌，上面写着店名：小镇旅店。

老许忍不住笑了一下，这地方真够简单的，连给旅店起个名也不愿意，就叫个小镇旅店。又想想，觉得也不是不可以，它本来就是小镇唯一的旅店，叫个小镇旅店是再合适不过的。

老许进了旅店，店主就坐在门口的柜台那儿，看到老许进去，店主笑着起了起身，说，住店啊？

老许看到店主的笑容，先是一愣，后是一奇，再是一惊，怎么这么熟悉呢？不仅熟悉，还感觉那么亲切。老许仔细想想，自己是不可能见过这个人的呀。有一种可能就是，不是因为熟悉而感到亲切，而是因为感到亲切而觉得他熟悉。店主真像是他的一个亲人。

因为感到亲切，老许不等店主发问，主动告诉他，我到风景区去，坐上一辆车，中途他们超载，我要举报他们，他们就把我扔下了，那是黑车。店主笑了笑说，那不是黑车，那应该算是红车。老许说，这么黑，怎么还是红车呢？店主说，它专门运送那些没钱坐高速的人，它算是方便之车。老许不服说，方便之车怎么能超载这么多，出了车祸还能方便吗？那店主说，不超载车票就得提上去，票价提上去这些人又坐不起车了，只能走路，或者搭乘更差的交通工具。老许说，更差？还有比那黑车更差的车吗？店主说，当然有，残疾车，牛车，等等。

老许挠了挠脑袋，服了，说，是了，我搞错了地方，我以为是在城市里呢。

店主又笑了笑。老许一看到店主笑，就想摸摸自己的脸，不仅他觉得店主是一个似曾相识的人，而店主的笑容，也让老许隐约感觉到，店主也认识他。老许试探地说，老板，你是本地人吗？店主并不回答，却反问他说，你觉得呢？

老许当然觉得他不是本地人，他不仅不是本地人，他还是一个非常奇怪非常令人费解的人，老许甚至不再敢多追究他的身份和经历，赶紧换了个话题，说，你这里，好像是到风景区的必经之地，怎么没有人来住店呢？

店主告诉老许，从前大家到风景区去，都从这里经过，都在这里过夜。因为前边的路又艰又险，没有足够的休息和准备，没有足够的光线和温度，是很难通过的。但是现在不一样了，现在这条路上很少有过客停下来，因为有了高速，又有了高铁，去风景区的路也修好了，大家经过这地方，再也没有必要停下来，所以，我的这个小店，也是许多年没有人来住了。

老许听了，身上有些起紧，四处看了看，小旅店果然很陈旧了，因为没有人气，还有点阴森森的感觉，他勉强地笑了一下，说，我不是来住了吗？

店主笑道，你真是来住店的吗？你真的只是来住一夜吗？老许实在抵挡不住他的笑容，忍不住问，你是不是认识我？我们是不是在哪里见过？店主说，你想起来了？见老许摇头，他又说，那你再想想，你从前的时候，年轻的时候，有没有出差经过什么地方。老许说，那可多了，这么多年，我开过多少会，走过多少地方，哪可能都记得啊。店主说，多少会也好，多少地方也好，总有一个会，总有一个地方，是与众不同的，是值得你一辈子都不忘记的。

老许摇头否认，他实在是觉得根本就没有这样一个地方。他到哪里都是匆匆忙忙，没着没落，都是想着怎么尽快逃走，再美的景色也熟视无睹，他已经不会审美，任何东西都不会让他动心了。

但是眼前的这个店主，怎么会让他心有所动呢？别着急，因为老许从店主的笑容里已经知道，店主就要为他解开谜团了。只见店主拉开抽屉，取出一个旧笔记本，交到他手里，老许刚一翻开，立刻惊讶不已，这怎么会是我的笔迹呢？店主说，就是你写的嘛，当然应该是你的笔迹嘛。

确实就是老许的日记。原来在很久以前，老许来过这地方，那时候，他还有记日记的习惯，将那一次的行程记录下来了，在行程的最后一天，老许是这样写的：

下一站才是我的目的地，但我却要在这里留下了。这个地方，什么也没有。在到达下一站之前，我想在这个空空荡荡的地方停下来，仔细想一想，我的下一站该怎么走……

遥远的模糊的往事正在从过去向现在走来，渐渐地就要靠近、就要清晰起来了，老许心里忽然一阵紧张，他抬头盯着店主说，你怎么会有我的日记？你到底是谁？我看你很面熟，太面熟了，你是当时和我一起来这里的一个同行吗？店主说，你真不记得我啦？老许问他，你姓什么？店主说，我姓许。

老许一听，幡然醒悟，全部的往事他都想起来了。

老许立刻上前紧紧握住店主的手说，我知道你是谁了，你是许多会。

许多会点头说，是呀，本来只是想停几天，没想到，一留下来就再也没有离开。

尾 声

同事有好多天没见到老许了，大家也没在意，单位人多，又忙，大家都是急急匆匆的，几天不打照面也很正常，即使打过照面，也有可能又忘记了。后来偶尔有一个人不知为什么事提了老许一下，大家说，有日子不见了，肯定又赶会去了。

这时候老许的老婆在家里请了闺蜜来打麻将，闺蜜说，你老公呢？老许老婆说，开会去了吧。

真相是一只鸟

这是一对性情相投的老友，又是一对欢喜冤家，吵吵闹闹，谁也不肯让谁的。他们在某一个下午，照例去公园喝茶，下了两盘棋，一比一下平了，嘴上互相攻击，骂骂咧咧，有心再下一盘，杀他个二比一，可是把握又不大，下也不一定能赢。所以犹犹豫豫的，这最后一盘，其实，不下也罢。

可是谁也不肯先开这口，谁先说了，就等于是认输了。两个人就僵持住了，很尴尬，脸也涨红了，那是让话给闷的，但宁可闷死憋死也决不先开口。

这时候有一个人恰到好处地来救他们了，这是一个和他们半生不熟的人，跟他们年纪差不多，也常常到这里走走，但他不下棋，只是朝他们看看，似笑非笑地笑笑，算是有点认识了。现在他走到他们两人面前，朝他们的棋盘看了看，说，听说，文庙那里新开了旧货市场。他的话太中老吴和老史的下怀了，老吴说，是呀，听说搞得很大。老史见老吴中计，赶紧对老吴说，听你的口气，你想去看看吧？老吴说，你自己想去就说自己想去，非要借我的名头干什么呢？老史说，我怎么是借你的名头呢？我想去我自己不能去吗？他们争执起来了。那个人也不再理睬他们，反背着手独自走开了。老吴冲着他的背影，顿了顿，说，去就去。老史也说，去就去。两个人好像是很不情愿地被那个人拖去的。

其实他们是自己想去的，而且他们两个人的心意完全一致，他们不想下最后的那一盘棋。他们丢下了棋，就去文庙了。其实他们是一种躲避，是怕输，是对自己没有信心。

旧货市场说是个市场，其实只是摆些地摊而已，而且很杂，什么都有，他们对旧货本来也没有什么兴趣，更没有什么需要，到这里来只是一个借口，他们漫无目的地转了转，很没兴趣，完全是在打发时间，在消磨对输赢的念想。

但后来他们还是被一个古董摊上的一幅画吸引了一下。其实他们两个人，既不懂画，也不爱画，但是这幅画上画的东西他们是比较喜欢的，有一座山，很高，很安静，花鸟树丛，山脚下有个茅屋，里面有两个人在下棋，看起来跟老吴老史他们差不多的样子，所不同的是，他们生活在城市，那两个人在山里，他们生活在现在，那两个人在古代，所以，他们的安逸，太让人羡慕了。老吴和老史都想买这幅画，但是两人掏尽了口袋，也没有多少钱，两个人的钱凑起来，也没凑够。摊主的眼睛一直盯着他们的口袋和他们的手，希望从中掏出他想要的那个数字，可最后他失望了，失望的同时他也让步了，他让老吴和老史还了价，买走了那幅画。

画既然是两个人合买的，两个人就都有份，首先就碰到了一个问题，画放在谁那儿呢？他们虽然常来常往，性情相近，但毕竟不是一家人呀。老吴说，放我那儿吧，你家房子小，你还和孙子挤一间屋，放你那儿不方便。老史不乐意，说，我家虽然比你家小一点，但你家也不见得就大到哪里去。我是和我孙子同住一间，但也没有挤到连一幅画也放不下的地步，你跟我比谁的房子大是没有意思的。老吴说，问题不在于比谁的房子大，问题是这画到底放在谁家比较妥当。老史说，你说放在谁家妥当呢？老吴毫不客气地说，当然是放在我家妥当。老史说，也未必，就说你那儿子，虽然年纪不大，倒像是有一肚子阴谋的样子。老吴见老史攻击到他的儿子了，也就攻击了老史的老婆，他们这么攻击来攻击去，最后也没有攻击出结果来，如果旁边有个第三者，肯定会被他们急出病来。所幸的是旁边没有第三者。其实，就算曾经有个第三者，那肯定也早就被他们气跑了。哪个第三者愿意守在他们旁边听他们这种没完没了没有意义的斗嘴皮子！

但是老吴和老史觉得十分有趣，他们乐在其中。肯定老吴和老史都想要这幅画，但他们不懂画，也不是十分喜欢画，这幅画完全是躲避输赢躲避出来的。但既然掏了钱，就有价了，不能白白便宜了对方。当然这还不仅是钱的问题，更是一个输赢问题，面子问题。这幅画就是为了保住面子意外得来的，不能争来了面子最后又丢了面子呀。

后来天都快黑了，老吴老史都有点累了，老史说，要不这样吧，轮流放，先在我家放一段时间，再到你家放一段时间。老吴说，你这主意，倒像是儿子养老娘，老大家住几天，老二家住几天。老史说，你别说，拿了这东西，还真是添了个累赘呢。老吴说，你嫌累赘，那就先搁我家，先搁一年，明年的今天，就交给你。老史说，一年？要搁你那儿一年，岂不是我一年都见不着它！老吴说，你嫌一年太长？那就半年。他觉得老史又会认为半年也太长，又抢先说，如果半年还不行，就三个月。老史说，我不像你这么鸡毛蒜皮，半年就半年，先放我这儿，过半年你拿去。老吴说，咦，不是说好先放我这儿的吗？

　　还是争执不下，但是画总得跟一个人回家，不能撕成两半呀，结果只好划拳定输赢，划出的结果是老吴得胜。老史输得心不服口不服，嘀嘀咕咕先骂了自己的手臭，又骂老吴投机，但是在事实面前，他再也找不出什么借口，勉强答应画先放在老吴家，半年以后，再转到他家。

　　老吴把画卷了卷，带回家去。他心情很好，没觉得自己是带回了一幅画，他觉得自己是带了一个胜利回家的，虽然下棋下平了，但是划拳他赢了。家里人也没在意他带了个什么东西回去，老吴也没说买画的事情，因为他没觉得这是个事情，顺手就把画搁在一个柜子上了。过了两天，老吴的老伴打扫卫生，看到有一卷东西，纸张已经很旧了，发黄的，结绳还有点脏兮兮，她也没展开来看看是个什么，嫌它搁在柜子上碍眼，就塞到小阁楼上去了。

　　起先老吴还是记着有幅画的，回来时见它不在柜子上，曾经问过老伴，老伴说，放阁楼上了。老吴"哦"了一声，心里踏踏实实的，没再说话。

　　半年很快过去了，老吴早已经忘记了画还在阁楼上搁着呢，老史也一样没有再想起那幅画的事情，他们仍旧下棋，仍旧因为怕输而不敢下决赛局，仍然过着和从前一样的日子。

　　但是后来事情发生变化了，老吴搬家了，搬家前整理家里物事的时候，才知道家有多乱，废旧的东西有多多，本来想把该丢的东西丢尽，整理干净了再搬的，后来等不及了，干脆先一股脑儿搬过去，再慢慢清理吧。

　　老吴搬了新家，住得远了，和老史来往不方便了，偶尔通通电话，很长时间才聚一次，见了面似乎还有点陌生了，说话也小心多了，不像从前那样随随便便，甚至动不动就互相攻击了，现在他们变得客气起来，下棋也谦让了，再到后来，他们的来往就越来越少了。

　　又过了些时日，老吴中风，在医院躺了几个月后，恢复了一点，但是腿脚却再也不像从前那样利索了。

　　在住院期间，老吴还一直惦记着老史，他让儿子小吴给老史打电话，可是老史一直没有来看他，老吴骂骂咧咧地责怪老史，虽然他也曾经想到可能是小吴根本没有给老史打电话，但他还是愿意把老史拿出来骂几声。当然他更愿意老史站在他面前让他骂，可惜的是，老史从此再也没有出现过。

　　老吴在搬家前，老伴老是在他耳边说，儿子媳妇好像有点不对头，但他们之间到底有什么事情，小两口都不肯直接说出来，要说话也是借着孩子的口说。老伴说了这个现象之后，老吴也注意观察过几回，确实如此，老人虽然嘴上不说，心里却是明白的，这是小夫妻冷战了，可能就是外面经常有人说的所谓多少年多少年的什么痒吧。但老人不便多管小辈痒不痒，只是希望他们的冷战早点结束。

没想到这冷战随着搬家就真的结束了，现在小吴和媳妇每天下班回来，就躲进自己屋里，关上门，鬼鬼祟祟地不知在干什么，有一回他们性急地进屋，忘了关门，老吴不经意地朝里看了一眼，看到他们的大床上展开着一幅画，两个人双双跪在床前，头靠头地凑在一起，拿着一个放大镜在照什么东西呢。

过了一会儿，小吴出来了，问老吴有没有更大一点的放大镜，老吴说没有，这个放大镜已经够大的了，书上的字能够放得像蚕豆那么大。儿子说，我不是放字的。又回屋里，这回小心地把房门关上了。

过了一天，儿子带回来一个超大的放大镜，举起来差不多有一个小扫把那么大，他们又去照那幅画了，照了一会儿，小吴和媳妇一块出来了，到老吴房间里，说，爸，那幅画是爷爷留给你的吗？

老吴很莫名其妙，他不记得他的爸爸给他留下过什么东西，小吴夫妇很客气地把他请到他们的卧室，那幅画仍然展开在大床上，老吴看了看画，觉得有点眼熟，山，花鸟树丛，茅屋，下棋的人……渐渐地，老吴想起了许多往事，想起从前和老史一起下棋斗嘴的快乐，现在老史倒有很长时间没见着了，老吴心里有点难过，长长地叹了一口气，说，这是你史伯伯和我一起买来的。

小吴一急，脸都白了，赶紧说，爸，你可千万别去找史伯伯。没等老吴问为什么，小吴又说，现在我们正在托人请专家鉴定，很可能真的就是南山飞鸟的画。媳妇见小吴只说了一半，又赶紧补充说，爸，如果真的是南山飞鸟的画，那就值大钱了。老吴没再问他们南山飞鸟是谁，因为只要看看小夫妻的脸色，想必这飞鸟并不是什么鸟，而是一个了不起的大人物。

小吴夫妇对老吴不放心，他们怕他去找老史，说，史伯伯说不定也搬家了，也不知搬到哪里去了，你现在腿脚也不大好，就别去找他了。

老吴还是忍不住想给老史打电话，但他已经记不清老史家的电话了，他摸索出早年的一个电话本子，从上面找到老史家的电话号码，打了过去，但是老史家的电话已经成了空号。

小吴夫妇从专家那儿得到的结果是又喜又忧，喜的是专家一致认定这就是南山飞鸟的画作，忧的是印章错了，印章不是南山飞鸟的，是谁的，竟然看不出来。

这就难倒了专家，也愁坏了小吴夫妇，眼看着好梦成真，却被一方莫名其妙的印章阻挡了，他们像患了绝症四处求医的病人一样，到处寻找有水平的专家，到处求人鉴定，大家始终都是一头雾水。有一次他们甚至赶到北京去了，曲折辗转地到了一位老专家家里，在老专家的书房里的大书桌上，摊开了那幅画，老专家弓着身子用放大镜看了半天，小吴夫妇就一左一右地守在老专家身边，心提到了嗓子眼上，那等的心情，无疑是等待法官判决的重罪犯人的心情。

结果仍然没有出来，老专家也和其他许多专家一样，看得云里雾里，只能对他们摇头苦笑。

小吴夫妇的心一下子沉下去，沉得摸不着，一下子又吊起来，卡在嗓子眼上，把好端端的人，搞得如同汪洋大海中的一叶小舟，起起伏伏、颠颠倒倒完全由不得自己做主。小吴媳妇捂着胸口说，要得心脏病了，要得心脏病了。

正在这时候，事情却忽然出现了转机。老专家的小孙子，六七岁的样子，他从外面跑进来，一直跑到爷爷的书桌前面，趴上前一看，小孙子脱口说，南山飞鸟。

老专家和小吴夫妇大惊失色，惊了半天，老专家才想起来问孙子，乖乖，你怎么看出来的？小孙子说，嘻嘻，就这么看出来的。老专家一拍脑袋，幡然醒悟，快步绕到小孙子的位置上，小吴夫妇也紧紧跟过来。

天大的谜团瞬间就破解了，一切的疑虑立马就消失了。

原来，这方印章盖反了。

这可是业内的一个惊人发现。

消息迅速地传了开去，大家都到小吴家去看这个千载难逢的错版，家里整天熙熙攘攘的，搞得老吴的血压再次升高。

看过错版的人，纷纷发表见解，对此画赞不绝口，至于为什么会出现印章倒盖，也是有据可依的，因为南山飞鸟本身就是一个很粗心脾气很急躁的人，倒盖印章，对南山飞鸟来说，应该是一件很正常的事情，据史书记载，有一次他还闹出乌龙，明明是他自己和别人合作的一幅画，过了不长时间，就忘记了，有人拿来请他指点，被他挖苦嘲笑一番，说那画是如何如何的不好，结果人家告诉他，这是大师你自己画的。南山飞鸟倒也不窘，说，我自己画的就骂不得啦。算是给自己的乌龙解了个围。

总之，关于传说中的南山飞鸟的林林总总，足以证明将印章倒过来盖的，就是南山飞鸟本人。

当然，也有别的可能，比如说，是书童干的事，他打瞌睡或粗心盖错了，害得几百年后这么多人纠结犯难。

肯定的说法多了，就开始有了不同的声音，说，现在造假，已经达到了超高水平，你以为你了解南山飞鸟的脾性吗？造假的人比你更清楚，所以造假者故意弄个错版，好让有知识的聪明的人根据南山飞鸟的习性去分析，得出此仿件为真迹的错误结论。

也有人从更专业的角度分析，南山飞鸟最擅长画鸟，如果真是南山飞鸟的画，他肯定会画一只鸟，可是为什么这幅画上没有鸟呢？

小吴夫妇再一次陷入了不知进退的地步，他们苦思冥想，他们上下求索，终于想起了一句老话：解铃还须系铃人。

这个系铃人，当然就是老吴啦。

老吴早已经被他们忘记了，虽然他们同住在一个屋檐下，但是在小吴夫妇的眼里，既没有老吴，也没有老吴的老伴，别说老爹老娘，就连他们自己的亲生孩子，也有很长时间没有关照了。

现在他们回过头来找老吴，他们把画举到老吴眼前，希望老吴能够回忆起当年的事情，当年，老吴是怎么在旧货摊上得到这幅画的，是花多少钱买来的，那个旧货摊当时摆在哪里，现在还在不在，那个卖旧货的是个什么样的人，住在哪里，现在有没有搬家，等等等等。

总之，现在，小吴夫妇的希望就在老吴的嘴皮子上了。他们紧紧盯着老吴微微张开的嘴，他们坚信不疑，那个黑洞里，有他们朝思暮想的东西。

老吴第二次中风后，不仅坐上了轮椅，说话也含糊不清了，但他还能够看东西，他看到那幅画后，微微张着嘴哆嗦了半天，勉强说出了两个字，"了勒?"

小吴夫妇听得出这是个疑问句，但是他们不知道"了勒"是什么，恳请老吴再说一遍，老吴说了，还是"了勒"，小两口又煞费苦心地猜了半天，始终没有明白"了勒"是个什么。老吴见儿子媳妇如此痛苦，心中很是不忍，又努力说了另外两个字："老喜"。小吴夫妇还是没听懂，但毕竟比"了勒"要好猜一些，他们后来明白过来了，老吴说的不是老喜，而是老史。老吴是让他们去找老史呢。但是他们是最怕老史的，当初老吴从医院里回家后，曾给老史打电话，但打过去却是个空号，那不是因为老史搬家了，是小吴把老史的电话号码偷偷地改了两个数字，老吴老眼昏花，没有看出来，照着错号打过去，老史就不在电话的那一头了。

其实老史一直没有搬家，但他和老吴中断了联系。在开始的一段时间，老史也和老吴一样，骂过老吴，过了些时日，他就不骂了，再过些时日，他不提老吴了，再到后来，他连老吴的模样都记不起来了。

小吴夫妇本来是最不愿意提到老史的，但是事到如今，老吴不会说别的，只会说老史，他们在别无选择的前提下，退一步安慰自己，实在不行，就找老史吧。找到老史可能出现的麻烦，就是老史要分一半去，但是不找老史的结果，就是他们永坠无底之洞，永远生活在疑虑和焦躁不安之中，两者相比，最终他们还是选择了前者。

寻找老史，也不是一件容易的事情。老史虽然没有搬家，但问题是小吴夫妇从来就不知道老史住在哪里，只是知道在从前的时候，父亲有个老友，就住在不远的某个地方，他们常常在公园里见面，下棋，吹牛，对骂……这些事情，都那么的遥远了，遥远得似乎已经是几个世纪前的事情了。

小吴夫妇知道，凭着从前的一点记忆，是很难找到当年的印迹的，现在他们又把目标对准了老娘，老娘那时候曾经到那个公园去找过老爸，她应该还记得那时候的情形。

老吴的老伴就带着儿子媳妇去寻找从前的记忆了。她已经步履蹒跚，小吴夫妇心急，嫌她走得太慢，就搀扶她一起走。老娘感叹说，唉，我活到这么老了，头一次有人搀我。小吴夫妇听了，面露惭愧之色。

公园虽然还在那个地方，但早已经不是当初的那个公园了，他们在老吴和老史当初经常活动的场所转了几圈，哪里会有老史的影子呢，老史在不在了，还不知道呢。

但是他们没有泄气，第二天他们又来了，现在他们不用老娘带了，他们已经认得这地方了，他们会再来，再来，他们会很有耐心。

老天没有辜负他们的耐心。

老史还在。

就在小吴夫妇设法寻找老史的这段时间里，老史的生活也发生了很大的变化，根据老史的种种表现，医生告诉老史的家人，老史已经是早期老年痴呆症了。

这个病的重要表现之一，就是老史对从前的许多事情忽然一一地记了起来，有许多是早就忘记了的，甚至忘得干干净净的，现在全都想起来了，比如老吴，他其实早就忘记了老吴，可是有一天他突然对家里人说，我要去找老吴。

家里人都愣住了，他们不知道谁是老吴，早年唯一知道老吴的是老史的老伴，但是老史的老伴前年已经去世了。不过老史才不管别人认同不认同他的记忆，他既然想起老吴来了，他就要去寻找老吴。一想到要寻找老吴，他立刻就想起了从前的那个公园，一想起从前的公园，从前的许多事情也就都想起来了。

老史现在，对从前的事情真的太清楚了，真是历历在目。

就这样，老史和小吴夫妇，在从前的那个公园里碰见了。可是，小吴夫妇怎么会认得老史呢？他们看到一个老人行动迟缓，两眼却放射着炯炯的光彩，他们无论如何也想不到他就是老史。

可是老史认出小吴来了，因为老史的早期记忆太好了，他认出小吴的脸来了，他以为小吴就是老吴，老史激动地上前握住小吴的手说，老吴，我总算找到你了。

经过一番说明，老史才知道，面前的这张熟脸，不是老吴，是小吴，不过那也不要紧，既然找到了小吴，再找老吴也就不难了。

而小吴夫妇在惊喜之中，又怀着很大的担心，虽然找到了老史，但是毕竟事隔这么多年，只怕老史早已经不记得当年的摊主了，更何况，从文庙摊主那儿购得的，这也只是老吴自己从前的说法，万一老史不承认，万一老史说出另一个事实，他们该怎么办呢？

还好，他们的担心多余了，老史对于当年购画这件事的说法和老吴的说法基本一致。这要感谢他的病症，如果不是这样的病症，他恐怕难以记得这么清楚。唯一遗憾的是，老史和老吴，都不知道当年卖画给他们的摊主姓甚名谁，他只是他们人生中遇到的一个匆匆过客，而且一掠而过，绝尘而去，后来再也没有出现在他们的生活中。

后来事情的发展，大家也都想象得到，小吴夫妇和老史一起去了文庙。文庙也早已经不是当年的文庙了，它现在是真正意义上的古玩市场了，比起当年规模，真是鸟枪换炮了，摊位都变成了堂皇的商店。

只是因为他们要找的人不知姓不知名，他们只能挨家挨户地找过去，当他们到达某一家店铺的时候，他们说出来的话，会让人觉得莫名其妙，或者让人心生疑虑，或者让人反过来对他们穷追不舍。

这真是大海里捞针啊。

但小吴一直以来都是抱着大海捞针的态度在做这件事，现在做到了最后也是最关键的时候，他们一定会继续捞，他们必须得继续捞。于是，他们走进一家店，出来，又走进另一家店，再出来，再走进一家店，把同样的话说了无数遍。

最后他们到了一家名叫"闲趣"的古玩店，小吴夫妇看了看这个店名，心里不免有点失望，心想，这不是饼干嘛。那闲趣店还确实是蛮闲的，只有伙计一个人，小吴夫妇又坚韧不拔如此这般问了一遍。伙计肯定是不知道的，他们说的那件事情发生的时候，他还没上小学呢。

但是有一个人听到了，他就是当年的那个摊主，听着小吴夫妇和老史反复叙述这件事情，他终于回想起一些往事来了，只可惜此时此刻，他躺在二楼的房间里，他患了多年糖尿病，最后导致了并发症，双腿瘫痪，全身衰竭，因为一辈子搞古玩生意，他实在太热爱这个事业，所以他不肯进医院，宁可待在这个狭窄的二楼空间，每天都可以感受到几乎伴随了他一辈子的那种亲切的有点腐朽的气息。

他几乎已经是气若游丝了，但是耳朵还灵，他在床上听到了楼下的对话，他想让他们上楼来，但是他喊出来的声音却很轻很轻，楼下的人根本听不见，他就耐心地等待。

现在楼下的小吴夫妇和老史再也没有办法了，但是在绝望中他们又看到了一点希望，他们看出来这个店伙计虽然年轻，但是为人很热心，也很周到，最后他们死马当作活马医，给小伙计留下了联系方式，拜托他留个心，听听风声，如果有什么信息，请他联系他们。

小吴夫妇在街头和老史分手的时候，以为老史会提出来去看看他们的父亲老吴，但是老史并没有提出来。小吴夫妇以为老史和他们一样被这幅画迷住了心思，其实他们错了。老史的病情，使得他只能记得从前的事情，却不知道现在他应该做什么。他不能把从前和现在联系起来。

在闲趣店小吴夫妇和老史说的那些话，店老板都听到了，所以他虽然躺在床上，却不着急，后来他一直等到小伙计上楼来伺候他吃晚饭，他让小伙计给小吴夫妇和老史打电话。

小吴夫妇和老史分别接到了他们急切期盼或者颇觉意外的

电话，小伙计在电话里告诉他们，他们要找的人，就是他的老板，他姓吕。吕老板请他们明天上午到店里见面。

真是天大的惊喜。

小吴夫妇立刻感觉到，他们离事情的真相越来越近了。但是其实，另外还有一个事实，也正在越来越紧迫地逼近他们，他们因为对这幅画太投入，完全没有意识到。

许多年来，小吴夫妇为了这幅画，损失惨重，花费了大量精力和大笔开销不说，最要命的是，他们耽误了孩子的学习，本来他们的孩子学习成绩属于中上，再努一把力，就是上游，就能上最好的高中，结果因为夫妻俩为了求得一幅画的真假，丢了对孩子的帮助和教育，孩子成绩一落千丈，并且迷恋上了网游，但是一直到这时候，小吴夫妇还执迷不悟。

现在，他们终于找到了当年的摊主。这么多年，他们经历了多少周折，走了多少弯路，但是这些弯路没有白走，因为最终他们明白了谁是真正的系铃人。

现在，很快，就是明天，他们就要从摊主那里得到最后的答案了。经过这么多年的折磨，小吴夫妇已经精疲力竭，斗志衰退，他们对画的价值，早已经不那么看重了，他们所想要的，就是一个尘埃落定的结果。

今天似乎是给这段人生画上句号的最后一天，过了今天，这幅画或许就再也不属于他们了，因为如果它是真迹，他们会卖了它，来弥补这些年来为了证明它所造成的家庭经济亏空；如果它是假的，他们不会再把它当个事情，他们会把它当成一堆废品束之高阁，就像从前他们在搬家之前的那些日子里，它一直安安静静地待在家里的小阁楼上。

在这个最后的夜晚，他们要把画拿出来看它最后一眼。

画不见了。

当小吴夫妇在网吧找到儿子的时候，一眼就看出来，儿子财大气粗，那画，想必是儿子卷跑了。

倒是小小吴比他们镇定，宽慰他们说，爸，妈，别着急，画没有卖掉，它在典当行里，三个月之内都能够赎回来。

这孩子，小小年纪，连典当东西都学会了。

小小吴又说，人家说了，你们是菜鸟。见父母亲发愣，他内行地告诉他们，你们的画上，应该有只鸟的，可是现在没有鸟，没有鸟的东西，不值钱的。

小吴夫妇，面面相觑一会儿，他们终于不再恋战，当即决定解甲归田，回家把重心重新放在孩子身上，他们现在认识到了，孩子才是他们的未来。

至于这幅画上到底有没有鸟，是不是曾经有过鸟，后来鸟又到哪里去了，或者从来就没有鸟，他们再也没有去想过。

　　第二天在那个约定的时间和约定的地点，小吴夫妇没有来，老史也没有来。老史没有来的原因，是因为他已经忘记了这个约定，正如医生说的，这是典型的早期老年痴呆症的症状，从前的事情，越遥远的事情越记得，越是眼前的事情，忘记得越快。老史就是这样，当天下午他和小吴夫妇去文庙找人，没有找到，他在回家的路上，就把找人的事情忘记了。晚上接到古玩店伙计的电话，老史欣然应答，但是搁下电话，他就将这事忘记了。

　　小吴夫妇和老史一直没有来，店伙计急得上上下下跑了几趟，他怕老板怪他没有打到电话，怪他办事不周到，不得力，他给老板解释说，老板，我肯定打过电话，都是他们本人接的，而且，都答应得好好的，今天一定准时到，可是，可是……他越说心越慌，好像真的是他没有通知到位，最后他慌得话都说不下去了，涨红了脸站在那里。

　　老吕的心情却恰好和他相反，他开始是有点担心，不过不是担心小吴夫妻和老史不来，而是担心他们会来，随着时间一点一滴地过去，他渐渐地感觉到，他们可能不会来了。他们看起来是不会来了，最后他知道，他们肯定不会来了。这时候，老吕心情平静下来了，而且越来越平静了。他们不来才好，如果他们来了，他反而无法面对他们了，因为昨天晚上他一直在想着这件事，努力地回想那幅画的内容，他回想起了画上几乎所有的东西，但是唯独有一样活货他不能确定，那就是一只鸟。

画上到底有没有一只鸟呢？

在老吕没有能够确定真相之前，对于已经失去了事实的真相，他无法归还。

老吕让小伙计到他的床底下，拉出一个大纸箱子，纸箱里放满了笔记本。许多年来，老吕有个习惯，凡做成一笔生意，他除了记账，其他许多相关的内容也都会详细地记录下来，如果能够找到当年的那本笔记本，或许就会真相大白了。

小伙计帮老吕找到了那一年的笔记，可惜的是，这本笔记本被水浸泡过了，那上面的钢笔字全部洇成了一个个的墨团团，一点也看不清了。

摆地摊的头一年，没有经验，字画什么的就搁一块布上，布就摊在地上，忽然来了一阵暴风雨，老吕只顾抢字画，其他东西都被淋湿了，包括这本笔记本。

多年后的这一天上午，老吕一抬头，看到一只鸟从他的窗前飞过去了。

梦幻快递

有一天我送快递到一个人家，收件人是个年轻的女孩，就是最热衷网购的那种，从屋里出来，接了快件就向我要笔签收，我提醒她说，先开箱看一下货吧。

这可不是因为我有责任心，这是公司的规定，公司规定一定要让收件人开箱后再签收，否则后果一律由我们送货人自负，我才不想负这么多的后果，所以我坚持要她先开箱后签收。她似乎有些不耐烦，对我送来的货物看起来也不怎么在乎，马马虎虎说，哎呀，不开了吧，我忙着呢。我说不行，不开箱不能签收的，除非——她赶紧问我，除非什么？我说，除非你在单子上写明。她又问要写什么，我说，写收件人自愿不开箱验货，与快递员无关，一切后果自负等，再签上你的名字。她又嫌烦，说，哎哟，烦死人，要写那么多字，算啦算啦，就打开来看看吧。可是箱子包裹得很严实，她又皱眉，又想马虎过去。还好，我随身带着小刀子，将包扎箱子的胶带划开来。我这小刀子是专门对付那些嫌麻烦的收件人的。他们会以没有工具打开箱包为由，就强行直接签收，马虎了事。这种做法我是不能允许的。

当然你们也都知道的，其实收件人并不都是这样的人，有些人的习惯正好相反，他们对付快递来的货物的顶真程度让你简直忍无可忍。比如一个妇女喜欢从网上购买衣服，每次拿到衣服，她都上上下下、前前后后、里里外外反复检查，甚至连线缝都扒开来看个仔细，我在旁边看得心里暗笑，她是不是以为这衣服是我本人缝制出来的，就算看出线缝有问题，她拿我有什么办法呢？另有一个妇女也是经常买衣服的，有一次打开箱子验货时闻到一股橡胶味，她坚持说这是假冒伪劣产品，当场就要退货，又说穿这种衣服会得癌的，说得倒怪吓人的。但无论是货真价实还是假冒伪劣，都与我无关，她这是在为难我，我耐心跟她解释了条例，验货时只有当货物损坏或原先确认过的尺寸、颜色不符时才能拒收，没有一条规定说，衣服有异味也能当场拒收的，最后磨了半天，她还算讲理，收下了那件可能很恐怖的衣服，决定打客服电话要求退货，后来怎么样我就不知道了，也不关我事。还有一个收件人也很奇怪，一定要问我叫什么名字，我说公司没有规定要报名字，可以不告诉她，但见她执意要问，我就告诉她了，我还心存侥幸地以为她要给我介绍对象呢。不料下次去的时候，她又问我的名字，我说上次告诉你了，她说记性不好，忘了，我又告诉一遍，如此三番几次的，我心里有疑问，我跟她解释说，其实，送快递跟名字没有关系的。她说，怎么没有关系，我连送水工都要问他们名字的。我想她可能是防患于未然吧，生怕哪天出了事找不到人。但其实她不知道快递公司都有规定的，哪一片区域归哪一个快递员，都是清清楚楚的，她只要说出她的地址，公司就能知道是谁送的，除非那是个不规矩的公司，如果是不规矩的公司，你知道快递员的名字有什么用，你就算知道老板的名字，也同样不能解决问题的。

真是林子大了什么鸟都有。什么鸟你都得小心应付，谁让你是快递员呢。现在快递中的差错很多，无论谁是谁非，最后鸟屎总是要拉在我们头上的，我们只能如履薄冰地保护着自己的脑袋不受鸟的欺负。

不说鸟了，还是回到眼前的这个人身上吧，她终于打开纸箱，拎出那个货物，我才没心思管她的是什么货物，就算大变活人也不关我事，可是她还偏偏把那货物扬到我的眼前，喏，看见了吧。我貌似瞄了一眼，是一条打底裤，还洋红色呢，我心里就很瞧不起她，别以为我不知道，网购一条打底裤，贵不过几十元，最便宜的十块钱就卖了。她倒没为她低廉的打底裤难为情，扬过打底裤后，又说，行了吧，算验过了吧，可以签收了吧？

当然可以了，我又不是有意要刁难她，只要她按规矩办就行，我请她在单子上签了名，我撕走上面一张，就可以走了，她也回屋里去了，两下刚刚转身，忽然我听到她那里发出一声尖叫，我以为又出错了，赶紧回头看，她却已经笑得直不起腰了，弓着身子在那里哎哟哟，哎哟哟。我不知道她哎哟个什么劲，既然她不是找我麻烦的，我赶紧撤。她见我要撤，才勉强直起了腰，冲我说，哎哟，我买过一条一模一样的哎，哎哟，我怎么忘得干干净净，一点也记不得了，看到它，我才想起来，前几天才买过的呀。这与我无关，我还是得撤。她又说，我不会得老年痴呆了吧，我才二十五岁呀。这仍然与我无关，我再撤。

我这才撤走了。

我开始干这一行的时候，还有些新鲜感，但时间一长，就什么感也没有了，什么都一个样，收件人呢，恐怕有七八成都是刚才那样的小八婆，手里有一点钱，钱又不多，尽在网上淘些不值钱的甚至没多大用的东西，我真是替她们想不通，她们那手，整天就那么的痒，非得拿鼠标点一下，又点一下，再点一下。当然，就是因为她们手痒痒地点一下，又点一下，快递公司就那样如雨后春笋般地冒出来了，而且越冒越多，越冒越强，我都听说了，现在有一千多家快递公司。我同事说，一千多家？谁统计的？那些连注册都不注的黑公司他统计得了吗？我同事比我有想法，按照统计的数字是一千多家，按照他的想法，那就不知道是多少家了，难怪竞争这么激烈。

当然，这无数的收件人，她们收到的东西，也不一定都是她们自己买的，也有别人赠送或代购的，比如男朋友啦，比如父母啦，比如别的什么人啦，但那个比率是很小的。

说起来，我不应该抱怨她们，更不应该瞧不起她们，有了她们，才有快递公司的生意，才有我们的饭碗。其实她们中间也有好多不错的女孩，如果她们的手不那么痒，其实真是很好的，如果我能够找其中的任何一个做老婆，也就心满意足了。

有一次我到一家送快递，那姑娘开了门，还客气地尽着请我进去，我知趣，才不会进去，但她太热情了，甚至还过来拉我，说，进来呀，进来呀，没事的。那我也只能站在她家门口，就这么一站，我顺便朝她屋里一望，我的个妈呀，堆了半屋子的快递，多半都还没有开包呢，封得死死的。我不知道这是哪家快递公司递送的，怎么能不开箱验货就给她了呢？不过这也不关我事，我只要做好我的工作就行了，还管别家快递公司干什么，各家有各家的规矩。我只是想，这样的老婆我不娶也罢，她这哪里是购物，分明是在做游戏，我一个送快递的，哪有那么多钱给她过家家啊。

我这算是自卑呢，还是自卑呢？我这算是一厢情愿呢，还是一厢情愿呢？

这是关于收件人的林林总总，关于寄件人呢，我是看不见他们的，但我也知道，反正五花八门，什么样的都有，因为我看不见他们，我也懒得说。

我还是更关心一下我自己吧。有时候我到了某一个小区的时候，会有一种做梦的感觉。为什么是做梦呢？因为我对这些小区太熟悉了，因为这些小区也太相像了，我每天进入不同的小区，但它们好像又都是同一个小区，无法区别，不仅梦里会梦到它们，就是醒着的时候，也会把它们当成是梦境。

其实，即使你不进入这些小区，你闭上眼睛想一想，难道不是这样吗？这许许多多新建起来的小区难道不是差不多的模样吗？火柴盒似的竖在那里，一幢贴一幢，只是有的贴得紧密一点，有的贴得宽松一点，这就是小区与小区之间仅有的差别了，前者呢，就叫个普通小区，后者则可以称作高档小区，至于那些楼的形状和颜色虽略有差异，但这不是问题的关键，只是表面现象而已。我们都是成年人，不会被表面现象蒙蔽了双眼哦。

然后你再找到某一幢，到几零几，是高层的话，就坐电梯，不是高层，就爬楼梯。然后，你敲门，或者按门铃，然后，有一个人在里边问，谁呀？你说，快递。然后，门就开了，你往里边一瞧，别说大楼和大楼相似，这屋里的装饰，也差不多少。

如果你每天都行进在这差不多的空间和时间里，你也许真的会搞不清什么时候是梦，什么时候是梦醒了。

好了好了，别做梦了，现在我已经从打底裤那儿出来，又来到另一个差不多的小区，找到一幢差不多的楼，上了几乎一模一样的楼梯，然后按响门铃，里边问，谁呀？我答，快递。门立马就开了，都没从门镜里朝外看一看再开门，不知道是他们的警惕性太差，还是对递送来的货物太看重，太着急。

前些时候有个新闻说，某女独住，被快递员杀了。这个新闻出来后，我和我的同行以及我们的老板都有些沮丧，有很不好的感觉，以为快递业要下滑了，以为快递件会大大减少了，结果呢，根本就没少，还越来越多了，所以我们老板又神气起来了，到那一年的十一月十一日凌晨，那个电子购物，不叫购物，叫秒杀。那可是杀得个昏天黑地。

有时候我也很无聊，就幻想着哪一天能够碰到一个不太相同的收件人，但是没有，真的没有。现在站在我眼前的这个，还是那样子，她打开箱子，眼睛往下一扫，算是看过了，说了声"我晕"，就签收了。我不知道她"晕"什么，反正我也没注意快递的是什么东西。关于递送的货物，每一联的单子，无论是最后执在我手里的一联，还是贴在箱子上留给收件人的那一联，上面都有写明，但是我才没那么多时间和那么好的心情将每天要送的东西一一看过来，我只管送，不管知情，更不管收件人对于收到的货物的表情，所以她对于货物晕不晕，不关我事，她既然签了，我就完成任务走了，至少比前面那个不肯验收的打底裤干脆些。

没想到的是，她的这个晕，后来晕到我头上来了，那货送后的第三天，也就是中间隔了两天，我接到一个妇女的电话，问快递怎么没到。这事情不稀罕，多了去，我也不着急，先问她怎么个情况，她说我前天上午给她打过电话，说马上送到，结果等了两天也没到。

这也是个人物呀，等了两天才给我打电话，真不着急啊。

我回想了下我前天的工作，没有遗漏呀，前天的任务我都完成了呀，不过我也仍然没有着急，我又问她，你前天接到的电话，确定是我打给你的吗？她说当然呀，我手机上还保留着你的电话呢，要不我怎么会打电话给你呢，幸亏我留着，否则还不知道找谁呢。其实她的话是不对的，或者说不完全对，快递收不到，不一定完全是快递员的问题，也可能是其他的某个环节出了问题。不过我也还是理解她的，像她这样的妇女，又不知道快递公司是个什么样子，又看不见公司的操作程序，她能看见的，就是快递员了，她不问我问谁呢？何况我的手机号码已经落在她手里了嘛。我再跟她确认一遍，你是说，前天，我跟你联系过，说马上送快递给你？她说，是呀。我很有经验哦，又再核对说，那你报一报你的地址和收件人姓名。她报来，我赶紧拿笔记下，承诺她尽快答复。这种事情，我当然得尽快，像她这样的，看起来性子不算太急，有些性急的人，根本不问青红皂白，不论谁错谁对，一下子就给你捅到公司里，让你吃不了兜着走，即便是日后查清楚了到底是谁的责任，可你在老板的心目中，已经不是十全十美的了，已经是有污点的了，亏吧。

前天的运送单早收在公司了，我赶紧挤时间回公司调前天的单子，调出单子我就仔仔细细一一检查，根本就没有疏漏呀，张张单子都有人签收，这说明什么呢？说明我没有出差错。我给那个妇女回了个电话，告诉她，她的那个地址，确实有快件，货物也确实已经投递了，因为有人签收了。她立即"咦"了一声，说，签收？不可能，我们家白天除了我，没别人的。我说，我这里白纸黑字，这是无法抵赖的。她又说，奇了怪，那是谁？谁签收的？我看了看那个名字，签得龙飞凤舞，我勉强看出来了，告诉她，是某某某。她愣了一会儿，说，某某某？某某某是谁？我说，就是你家签收的人呀。怕她不明白，我又重新说清楚一点，就是说，我把货物投递到你家，你可能不在家，但是你家有另一个人签收了。那妇女说，不对呀，我根本就不认得你说的这个某某某，她不是我们家的人，你投错了。她的口气倒是一直蛮平静蛮客气的，可客气有什么用，她再客气我也要把快件投给她呀，可是快件到哪里去了呢？我的脑袋"轰"地一下大了，我赶紧冷静下来，让脑袋缩回去，仔细想了一想可能发生的错误在哪里，既然签收的人名错了，首先，我当然想到了地址。我还是有些经验的，我再和那妇女核对地址，果然，地址错了一个字，洪福花园，写成了洪湖花园。

　　我首先想到的是，那不是我的责任，那是寄件人的责任，怪不着我，当然，也同样不能怪收件人。我赶紧安慰她说，好了，你别着急，我知道问题在哪里了，我投到寄件人提供的错误地址上去了，这事好办，我再到那儿跑一趟，拿回来，再给你送去就是。那妇女说，也太粗心了，地址都会写错。我当然知道她说的不是我，我放心下来，赶紧往那个错误的地址去。

这时候我仍然一点也不着急，写错地址的事情太多了，写错人名的也很多，许许多多的错误，只有你想不到的，没有他们犯不出的。有一次我打电话问收件人，你是某某街某某号某某小区某幢楼某零某室吗？对方说是的呀，我正在家等着快递呢。我就送过去了，那个人也高兴地签收了。可是很快又有人来电话讨要这个快件，我说已经准确投递了，而且签收了，但是他并没有收到，更没有签收，这真是奇了怪。这事后来经过长时间的反复纠缠，搅得我们大家都不知所以了，最后终于发现，这个快件根本就投错了城市，两个城市竟然有两个同名的小区，不仅小区同名，连街名和门牌号都是一样的，你以为这样的事不会发生吗？它真的会发生。

更多的是写错收件人电话的，你打到那个错误的电话上，人家好说话的，告诉你打错了，不好说话的，还×你妈，你能和他对×吗，当然不能。

总之事情就是这样的，无论是正确的寄件人和收件人还是错误的寄件人和收件人，他们都是你上帝，只不过这些看得见的上帝和那个真正的看不见的上帝是不一样的。有一次我手机出了故障，不能用了，我知道情况紧急，赶紧去维修，可是就那么短短一小时时间，有客户就已经投诉到公司了，说我关机，一个送快递的怎么能关机呢？强盗逻辑呀，难道送快递的就不能有一点特殊情况吗？万一我路上遭遇车祸昏死过去了呢——我呸！我还是别遭遇车祸吧。无论你遭遇什么祸，人家都是上帝，你都是上帝的仆人。

现在我到了洪湖花园的那幢楼，上了那个几零几，敲门，门开了，一个陌生的妇女出现在我面前，有些茫然地看着我。尽管很可能我前天刚刚见过她，但我仍然觉得她陌生，我不可能记住每一个收件人的面孔，这很正常，我如果有那样超常的记忆力，恐怕我也不必风里来雨里去地送快递，我干脆毛遂自荐到情报部门工作算了。

不过她的脸陌生不陌生倒也无所谓，我又不是来找她本人的，我是来讨回送错了的货物的，我直截了当跟她说明了情况，我一边说，她一边摇头，摇到最后，她说，你搞错了，我没有收你送来的快件。我说，我是前天来你这儿投递的，是你自己签收的。虽然我觉得她是个陌生人，但我一定得先强加于她，否则——没有否则，事实就已经是这样了。她说，你投快件给我，我收的？你见过我吗？我怎么没有见过你？我不好说见过她，但也不敢说没见过她，我换了个思路问她，那你，平时有网购、有电视购物这些吗？她说，有呀，经常有，我经常收快递，不过，不是你送来的。只要她承认收过就好，我这才拿出单子来，递给她看，我说，你看，这地址，是你的吧？她看了看地址，有些奇怪地说，咦？地址确实是我的，但是收件人不是我呀。不等我再发难，她又进一步看出了问题的实质，跟我说，不仅收件人不是我，签收的人也不是我，名字不是我，笔迹也不是我的呀。

我满以为这样一个小错误，只要到这里跑一趟，就能解决了，哪知情况复杂起来了，我的脑袋又大起来，她倒是蛮善解人意的，跟我说，是的呀，现在送快递挺麻烦的，很容易搞错，现在的人都是粗枝大叶的。看来她是深知我的难处，又说，你要是不相信，你拿纸出来，我签个名你比比看，看那单子上到底是不是我的字。我也没有其他的法子，只能这样做了，显得我很不相信人，很小鸡肚肠，但是你们不知道，干我们这行的，不得不这样，不然你稍稍粗心一点，赔得你倾家荡产。

她在我提供的纸上，写下了她的名字，我只瞄了一眼，心里就认了，我手里的运送单，肯定不是她签收的。她见我没说话，又指点着她的字跟我说，你看，这字体，完全不一样，再说了，我要是签了，我为什么要抵赖呢，没必要吧？虽然我一眼就看出来不是她的字，但我还是不甘心，我不能甘心，我一甘心，这事情就没有余地，没有退路了。我又换了个思路，再问她，会不会你不在家，是你家里人签的？她说，我家里人白天都不会在家的，再说了，我家里也没有叫这个名字的人呀。她看我一脸的疑惑，又说，你快递的什么东西呀，贵重物品吗？我说，好像不是贵重物品，没有保价，是某某电视购物的拖把。她说，那就更不可能有人冒领了，冒领个拖把干什么？值吗？我说，可是，可是那把拖把会到哪里去呢？她态度一直很好，可我仍在怀疑她，她终于也有点不高兴了，开始批评我说，你自己也有问题，单子上的收件人明明叫张三，你却让李四签收，连个"代"字也不写。我不能同意她的说法，公司规定也没有说一定要本人签收，家人是完全可以代收的，再有，如果有人存心冒领，写个"代"字有屁用。

　　我就真的奇了怪。虽然说起来，送快递的遇到的奇怪事情很多，但是因为我这个人生性谨慎，也知道保住饭碗不易，所以一般是不会出差错的。这一回问题到底出在哪里呢？我整理了一下思路，先是寄件人把小区的名字写错了，我当然是按照寄件人写的地址去投递，这第一步，我没有错；第二步，电话没有错，我也通过电话，收件人本人也接到过电话，等待我送货去的，这第二步我也没错；第三步，我到了寄件人给的错误地址那里，人家确实正在等着快递呢，就签收了，虽然不是收件人本人的名字，但反正他们是一个屋檐下的，应该不会错，这第三步，我仍然没有错。

我没有错，拖把就不会有错，但是那把正确的拖把它到底到哪里去了呢？

我再调动起以往的经验教训，仔细想了一下，是我走错了楼层吗？应该到五楼的，结果潜意识里我想偷懒，就少爬了一层，到了四楼？或者，我走错了一幢楼，把三幢看成了二幢，这也是有可能的，或者，我根本就没有来过这个小区，我到的是另一个小区？

反正你们知道的，小区和小区之间，楼和楼之间，楼层和楼层之间，真是很相像的。

这个想法一出来，立刻把我自己吓了一跳，正如我在梦里看到的，一幢一幢的楼，一个一个的小区，都是一样的，但是我是按图索骥的，难道我手里拿着一个地址，会走到另一个地址去吗？我如果没有去过那个小区，我怎么会记得那个小区呢？难道是在梦里去的？

难道梦里的事情比现实更清楚？

我不敢说"不可能"。

什么都是有可能的。

只是现在没有任何证明来证明我到底是犯了哪一项错误。

我回忆起前天送快件的情形，忽然灵光闪现，我想起来了，我在那个小区，曾经遇到了一个熟人，我们还站在小区的路上说了一会儿话。

我只要找到这个人，事情就迎刃而解了。

可是事实上，我离迎刃而解还差得远呢。

我本来是个不着急的人，所以我难得犯错，一个难得犯错的人，一旦犯了错，肯定比经常犯错的人要着急，我就是这样。

我现在有点着急了，倒不是因为丢了一个拖把，而是因为我的工作责任心和我的记性，这两者比起来，后者更重要，如果连两三天前发生的事情都不能记起来，岂不要让我吓出一身冷汗来。

我着急呀，一着急，就把我在小区里碰见的那个熟人的名字给忘记了。我努力地回想，努力地在自己的混乱脑海里捞出他的确定身份来。

他到底是谁？

家人？同学？同事？亲戚？邻居？

还好，像我这样的屌丝男，关系密切的人也不算多。我先在手机通信录里找了一下，用他们的名字对照我记忆中那个人的长相，想启发一下自己，开始的时候，我看着每一个名字，都觉得像，但再看看，又觉得每一个都不是。

然后我又不惧麻烦地一一把有可能的人都问了一遍，有人听不懂，不理我，凡听懂了的，都特奇怪，说，什么小区，听都没听说过，我到那里干什么，你怀疑我包二奶吗？也有的说，你什么意思，今天又不是愚人节，就算今天是愚人节，你的把戏也一点不好玩。还有一个更甚，说，你在跟踪我？谁让你干的？你不说我也知道，是谁谁谁让你干的。我一听，这不快要出人命了吗？赶紧打住吧。

如此这般，我心里就更着急了，再一着急，不好了，连那个和我在小区里说话的人长什么样子我都忘记了，我们在那里说了什么，更是一点印象也没有了，我急呀，我怕这个明明出现过的人一下子又无影无踪了，就像从来没有出现过一样。

见我抓狂了，我一同学提醒我说，你去看看小区的摄像吧，只要你们站的位置合适，也许会把你和那个人录下来的。我大喜过望，赶紧跑到那小区，可是那物业说，这个不能随便给人看的，要有警察来，或者至少要有警方出具的证明。这也难不倒我，我再找人吧，联系上警方，警方问我什么事要看录像，我说，我送快递的，丢了一把拖把。警方以为我跟他们开玩笑，把我训了一顿。我不怕他们训我，打我也不要紧，我再央求他们，又把事情细细地说了，拖把虽然事小，但是丢饭碗事大。结果果然博得了他们的同情，其中更有一个警察，特别理解我，说，你们也挺不容易的，现在要快递的太多了，我老婆就上了瘾，天天买，甚至都不开包，或者一开包就丢开了，又去买，害人哪。

我靠着警方的这点同情心，终于可以看小区的录像了，小区物业也挺热心的，帮着我一会儿快进，一会儿快退，找到我所说的那个时间段，再慢慢看，我的个天，果然有我，我还真的是进了这个小区的。我看到我电瓶车上绑了如此之多的快件箱子，自己把自己吓了一跳，要是看到的是别人，我一定会替他担心的，这轻飘飘的车子，能载这么多的货物吗？

但那确实就是我干的事情。只是平时我骑着车子在前面走，那许许多多的货物堆在我身后，我看不见它们。

跟着我的身影再往下看，我的个老天，我真的看到我在小区碰到的那个人了。

那个人是我爷爷。

你们别害怕，我爷爷死了三年了，我遇见的是三年前去世的爷爷，我都没害怕，你们更不用怕。

大家都说，在现在的这个世界上，什么都可能发生的，难保死而复生的事情就不会发生哦。

爷爷穿着绿色的邮递员的制服，推一辆自行车，车上也绑着大大小小的纸箱子。不过这并不奇怪，因为爷爷年轻时是邮递员，我干上快递的时候，我妈曾经骂过我，说，龙生龙，凤生凤，老鼠生子打壁洞。我干脆一不做二不休，跟我妈开了个恶心的玩笑，我说，我是爷爷生的吗？把我妈气得笑了起来。

虽然爷爷的出现没有让我觉得奇怪，但我多少还是有些不解，在小区的摄像头下面，我问爷爷，你这么老了，怎么还没退休？爷爷说，我本来是退休了，可是他们说人手不够，请我们这些早就退休了的，都出来帮帮忙。我想了想，觉得这也无可厚非。所以你们别以为你们平时能够看到大街小巷驮着快件的快递员穿来穿去，其实还有一部分你们并没有看见哦。我正这么想着，爷爷又跟我说，现在这日子真的方便，就算你从美国买个东西，几天就收到了，不像过去，等一封平信都要等上十天半月的。我说，那是，现在这速度，简直就不能叫速度了。爷爷说，那叫穿越。我正想夸爷爷时尚，爷爷又说了，快过年了，我想给你奶奶买个新年礼物快递过去。我吃了一惊，说，我奶奶？她不是死了二十多年了吗？她能收到吗？爷爷说，孙子哎，咱们这是赶上好日子啦，你说现在这日子，有什么事是办不成的？

　　说了几句，爷爷就推着自行车送快递去了，我也想得通，他年纪大了，装了这么多东西的车子，他骑不起来了，只能推着走。

　　我回家告诉我妈，说我三天前在某某小区遇见了爷爷，我妈"呸"了我一声，骂道："做你的大头梦吧。"

　　我妈这一呸，让我迷惑起来，或者说，让我惊醒过来，难道小区里发生的一切，真是我做的一个梦吗？

　　一直到我的手机响起来，我才确认，这会儿我醒着呢。但是我又想，真的就能够确认吗？人在梦里也会接打电话的呀，我自己就经常做打电话的梦，那真是活灵活现，按键，接听，说话，无一不和醒着的时候一模一样。

　　电话是应收拖把的那个妇女打来的，她说拖把收到了，还谢了谢我。我很惊奇，我还没找到拖把呢，她倒已经收到了，真叫人费解，这把拖把到底是哪一把拖把？或者，是哪个好心人知道我纠结，替我把拖把补上了；也或者，是另一个粗枝大叶的寄件人，也写错了地址，恰好错到她的地址上去了，于是别人的拖把就错投递到她家去了；再或者，是我爷爷心疼我，躲在哪里作了个法。

　　谁知道是怎么回事呢？反正拖把到了，不再有我什么事，我很快就把拖把抛到脑后了，只要不再追究我的责任，一切 OK。

我回到公司，又接了一沓单子，低头一看，第一张单子的投送地址是：梦幻花园。

我就出发往梦幻花园去了。

人群里有没有王元木

老龚该换个手机了。其实老龚对手机电脑这一类的用品，并不怎么讲究，只要能用就行。若要赶着时尚更新换代，他是跟不上的。但是他的那个老手机实在太寒碜了，先不说样子有多老土，内存也小，功能也少，输入法只有一种，标点符号找不到，用起来要多不方便有多不方便，总之，它真是跟不上时代的变化和发展了，别说同事朋友奚落，儿子说它 OUT 了，连一向节俭的老婆也瞧不上它。

即便是如此的众叛亲离，老龚也还没有觉得手机非换不可，直到有一天，手机跟他罢工了，他才意识到了这个问题。

　　那是他往手机通信录里输入一个十分重要必须保存的新号码的时候，手机告诉他，通信录已满。老龚这才看了一下自己手机原有储存的数字，是一百五十八位联系人。他本来知道自己的手机内存小，所以在储存电话的时候，尽可能拣重要的存，拣经常联系的存，也有些电话他是很想存下来的，却因为容量有限硬是存了又删，删了又存，忍痛割爱。但即便是忍痛割了许多爱，通信录爆满的这一天还是到来了。

　　老龚当时就问了一个同事，问他的手机可以储存多少电话。那同事马马虎虎地说，多少？具体我也不是太清楚，反正，一千多吧。另一个同事说，我的，不知道。老龚说，不知道是什么意思？那同事说，就是不知道存多少才会满呗。又反问他，老龚，你问储存量干什么？老龚说，我这个，怎么才一百五十八就存不进去了！同事都笑了。

　　老龚这才知道，真的该换手机了。

　　在儿子龚小全的指导下，老龚买了一款新手机。现在他扬眉吐气了，开会的时候，将手机调到静音状态，就搁在桌面上，瞧那机子，嘿，超薄，大屏，乌黑锃亮，几乎是一台小电脑了。当然，这些还都是表面的光鲜，更令人满意的是它内部的豪华设置，内存超大，功能超多，速度超快，尤其是通信录空间无限，用龚小全的话说，这个手机能够储存的人和号，够老龚用一辈子。这让老龚有了一种自由奔放的随意性，过去条件不够被挤出来的，现在统统可以放进去，有一些为了某项临时性的工作而临时发生关系的人，用过以后就会作废的，明明是不必要储存的，但是既然有那个地方空着，不用白不用，他便将那个暂时的名字暂时地储进去，等这项工作完成了，基本上不再会有下次的联络了，他才记得将那个名字和电话删除掉。也有的时候，储进去的时候是想到事后要删除的，但事后却忘记了，这也无所谓，反正通信录里有的是位置，不碍事。

这样不知不觉老龚手机通信录里的人名越来越多，有时候上厕所忘了带报纸，就拿手机玩玩，偶尔也会翻翻通信录，看着那一排又一排熟悉亲切的名字，爽。

有一天他翻通信录找一个电话的时候，无意中看到一个储存电话的名字叫"不接"，不禁哑然失笑。虽然已经记不得这个"不接"是谁，但有一点是绝对能够肯定的，他不愿意接这个人的电话，甚至厌烦这个人的名字，所以就录入了一个"不接"。但是在录入"不接"以后，他从来没有接过"不接"的来电，现在看到这两个字，自己也觉得好笑，太敏感，太怕人家纠缠，嘿嘿，你不接，人家还不打呢。这也算是新手机带给沉闷生活的一点乐趣呢。

所以，虽然他想不起"不接"到底是谁了，他也没有将它删除掉，反正有的是地方，让"不接"就安安静静在那儿待着吧。

这是一个星期天的早晨，老龚美美睡了一觉醒来，阳光普照，心情美好，起床后，不急不忙地打开手机，不用担心信息会"哗哗哗"地进来，星期天大家不必那么赶脚。

这应该是个安静的日子。

果然，过了好一会儿，一直到他洗刷完毕，拿了一张报纸准备去上厕所的时候，才有一条信息进来，打开一看，显示的是一个人名，是他储存的电话，这个人叫王元木，给他发了一个段子。

老龚一时有点蒙，想了想，想不起来这个王元木了，他盯着这名字，怎么看怎么都觉得陌生，这时候便意来了，老龚就带着手机进了厕所，坐到马桶上慢慢研究去了。

他先看了一下段子，段子说的是皮鞋的故事，不仅不算精彩，而且已经过时了，从段子里无法启发出发段子的王元木到底是谁。再说了，朋友之间，经常有段子往来，这些段子都是转来转去，发来发去的，又不是发段子的人自己创造的，所以仅从一个段子的内容上，无论如何也分析不出这段子到底是谁发来的。老龚便扔开段子，专心想起王元木来。

他先想到了一个人，似乎还有一点印象，前些时日办行业年会时特地从总部过来指导工作的，单位让老龚负责接待安排，那个人好像就叫王元什么，但这个"什么"到底是不是"木"，老龚一时还不能断定，他努力地回想他在接待那位王指导的过程中有没有什么特别的印象和经历，灵感闪现，就想起来了——喝酒。一次喝酒的时候，老龚劝酒，王指导明明能喝，却又矜持拿捏，老龚忍不住开玩笑说，你肯定有酒量。那王指导说，怎么见得？老龚说，你的名字里有个"洪"字，那是什么？那是洪水般的量啊。说得大家笑起来，那王指导也就趁势放开来喝了。

所以，那个人不叫王元木，而叫王元洪。

老龚丢开王元洪，再想，又想起一个，这个人出现在老龚生活中比先前那个王指导更偶然，几乎就是一个不期而遇的过客。他本来不是来老龚的单位办事的，却阴差阳错地走进老龚的办公室，问老龚说，你们主任在吗？老龚又不知道他问的是哪个主任，便回答说，主任不在。这人自来熟，说，主任不在，您不是在吗？向您报告一下也行吧。这话让老龚有点受用，就听他聊了起来，重要之处还记录下来，最后这人留下了自己的名字和联系方式，老龚答应他，等主任回来向主任报告后再答复他。

可是等到主任回来，老龚向他报告时，主任满脸的疑惑，似乎根本就听不懂老龚在说什么，最后七搞八搞，才知道这人根本就是找错了门，他说的事情，和老龚所在单位的工作没有一毛钱的关系。主任当着其他下属的面把老龚训了几句。老龚心里不爽，阴险地说，主任，他到我们办公室来找主任，我怎敢怠慢？再说了，他谈的事情确实和我们单位没关系，但我当时想，也许是你的私事呢，我是想拍你马屁的呢。

这件事情现在重新浮现出来，那个在老龚脑海的某个角落若隐若现若即若离的名字，似乎也跟王元木有点关系，有点相像，但他到底是不是王元木呢？老龚又想起事情的后续，主任被老龚阴损后，有火难发，便怪到那个无辜的人头上去了，主任说，他叫什么来着？叫王丛林？我看他应该改名叫王杂草，他那脑子里，简直杂草丛生。

那个也不是王元木，是叫王丛林。

唉，又是擦肩而过。

老龚已经在马桶上坐了蛮长时间了，但是他没有感觉到腿麻，却是感觉脑袋有点麻，不仅有点麻，还有点乱，这个乱字一旦被他感觉到了，就像雨后春笋般地迅速生长起来，很快就乱成一团了。他心慌起来，恐惧起来，生怕自己会不可控制了。幸好这时候，老婆在外面发话了，怪声怪气地说，奇怪了，报纸也没有带进去嘛，不看报纸也能在里边待那么长时间？他没吱声。老婆停顿了一下，似乎是进了卧室又出来了，又说，不带报纸必带手机，给人发短信呢吧？这下子他不能不吱声了，赶紧说，没有，没有发短信。老婆说，别说你躲在厕所里发，你就是当着我面发，我也不稀罕看你一眼。老龚又不吱声，装死。老婆却不放过他，又说，幸亏当初我有远见，坚持买两卫的，如果照着你的意见，只买一卫，家里大人上班，小孩上学，还不都给你耽误了。老龚忍不住嘀咕说，今天不是星期天吗？星期天上个厕所你也催。老婆说，我才不催你，你自己不要坐脱了肛才好。

老龚这才被提醒了，感觉到腿麻了，还麻得不轻，像有成千上万的蚂蚁在肉里爬动，还有那两瓣屁股，已经深深地嵌在了马桶坐垫的边框里，稍一挪动，老龚就"哎呀呀"地喊了起来。

老龚"哎呀呀哎呀呀"地出了厕所，老婆和儿子都在吃早餐了。老龚挪动两条麻木的腿，艰难地来到餐桌边，手撑住桌沿，问老婆，我认识一个人，叫王元木，他是谁？

老婆撇了撇嘴，说，你的关系户，什么时候诉过我？他有点没趣，又问儿子，龚小全，你知道爸爸认得一个叫王元木的人吗？龚小全扯下耳机说，王元木？老大，你搞错了，我同学叫王元元，不叫王元木。老龚赶紧摆手说，不是你同学，是你老爸的一个熟人。龚小全说，你熟人？你熟人能不能搞到周六演唱会的门票？他母亲插嘴说，能，你爸爸熟人朋友多得数不清，他有什么不能的！龚小全说，老妈，你这句话还是比较中肯的，要不是我老大当初交友不慎，也就没有我龚小全啰。他母亲"呸"他说，那你就跟着他学吧，一辈子混在人堆里。龚小全说，一辈子混在人堆里，低调，安全，也不是什么坏事呀。他母亲来气了，指责他说，龚小全，为什么我说一句你顶一句，你存心跟我过不去是不是？等等等等。见老婆和儿子开了战，老龚赶紧抓了根油条进里屋去了，不然一会儿战火就烧到他身上了。

老龚闲下来，心里还惦记着王元木，想不起来，总觉得是个事情，搁在心里横竖不爽，又不能直接给王元木打电话，问他，你是谁啊？那岂不是太不给人家面子！万一是个有身份的人，更是得罪大了。老龚给一同事打了电话，问谁是王元木。同事说，不认得，没听说过。老龚说，你再想想，和我们的工作有关系的，不要往关系近切的上面想，要往关系一般的上面想。同事奇怪地说，为什么？老龚说，关系近的，我怎么可能忘了他？肯定是有过什么关系，但又不怎么密切的。同事这回认了这个理，就往远里想了想，还是没有王元木，说，没有，真的没有。见老龚还不罢休，干脆讨饶说，老龚，你放过我吧，你又不是不知道，我痴呆了，脑萎缩，什么事，什么人，过眼就忘。

老龚又换了一个人，是一老同学，问认不认得王元木，又问同学中有没有叫王元木的。那同学手机那边闹哄哄的，似乎正在办着什么热闹的事，那同学有些不耐烦地说，王元木？不知道，你找他干什么？老龚说，我不找他，我是想问一问，你记不记得我认得一个叫王元木的人？那老同学说，龚璞，你怎么啦，说话怎么叫人听不懂？老龚说，我认得一个叫王元木的人——老同学赶紧切断他说，切，认得你还来问我？老龚说，可是我现在又忘记了他，怪了。那老同学赶紧总结说，这有什么奇怪的？这太好理解啦，你得健忘症了吧。就挂了手机忙去了。

老龚听到"健忘症"三个字，愣了半天，才想起到自己的手机通信录里去查看，检查一下自己的记性。哪知一看之下，顿时魂飞魄散，惊恐万状，手机里储存的人名，竟然有一大半记不起来，对不上谁是谁了。

包子力

关三白

吉米

金马

田文中

辛月

言玉生

……

一个都不认得?

老龚赶紧闭上了眼睛,过了一会儿,再胆战心惊地睁开眼睛,小心翼翼地瞄到手机上,希望能有奇迹出现。

但是奇迹没有出现,那手机上仍然还是:

包子力

关三白

吉米

金马

田文中

辛月

言玉生

……

一个都不认得。

老龚深深地吸了一口气,先克制住慌乱,稳住神,去泡杯茶,还好,茶叶放在哪里还记得。看着茶叶在茶杯里慢慢舒展开来,他想起了好多的事情,远远近近的,什么都像在眼前,哪里健忘呢，什么也没有忘呀，忘掉的只是手机里的一些人名而已。没等喝上茶，他就想出办法来了，给王元木回了一个短信，实事求是地说，你好，我的记忆可能出问题了，我看到你的名字，但是想不起你是谁了，你能告诉我你是谁吗？片刻过后，王元木的回信来了，说，神经啊你。老龚无奈，换了一个人，关三白，还是说，你好，我知道你是我的朋友，但是我只知道你的名字，却忘记你是谁了，你到底是谁啊？那个关三白回信说，我是鬼。这样老龚试了好几个人，他们都以为老龚恶作剧，都不耐烦他，有的说，你有病。有的说，你找抽。还有一个时髦的，说，不要迷恋姐，否则姐夫会叫你吐血。估计是个女的，以为老龚调戏她呢。冤枉。

发信探问这一招彻底失败，老龚只得背水一战，直接拨打电话。首先仍然是王元木，是他惹出来的事情，当然得先找他。那王元木接了电话，先亲热地"嘿"了一声，老龚赶紧说，哎哎，真对不起，刚才给你发的那短信，是真的，我真的忘了你——那王元木的声音立刻就变得生疏隔膜了，硬撅撅地说，老龚，你升官了是吧？打官腔啊，我的声音你都听不出来？老龚赶紧解释说，不是的，不是的，没升官，不好意思，可能，确实，我的记忆出了点问题，你早晨是发了个段子给我的吧？我看到你的名字，可我怎么也想不起你是什么样子，想不起你是谁，怎么说呢？我好像忘了你这个人。那王元木来气了，说，你忘了我这个人，你还给我打电话，老龚你到底搞什么，你以为天天都是愚人节吗？老龚败下阵去，再换个人如此一番，又被骂了个狗血喷头。也有人很体谅他，建议说，老龚，你去精神病院看看吧。老龚说，你骂我？那人心平气和地说，老龚，我没有骂你，我有个同事，本来什么问题也没有，但自己总觉得有问题，到精神病院去了一趟，什么药也没有用，回来就彻底好了。

虽然他说得很在理，但老龚才不会听他的，最多就是健忘而已，跟精神病是扯不上关系的。为了证明自己没有这方面的问题，老龚干脆把手机关了，扔到公文包里，在家里喝茶上网看视频，做出一副十分惬意的样子给自己看。

刚刚关机不一会儿，老婆就从外面回来了，轰开房门，生气地说，给你发个短信你都不回？我到超市买东西，忘了带超市优惠卡，叫你送一下。老龚说，我关机了。老婆奇怪地看他一眼，说，好好的关机干什么？省电啊？老龚愣了片刻，忽然向老婆一伸手，说，把你的手机给我看看。老婆下意识地往后一退，身子一缩，警觉地说，干什么，你要干什么？老龚说，不干什么，看看你的通信录。老婆说，我的通信录凭什么要给你看？老龚说，难道你有见不得人的联系人？老婆说，你还管我见得人见不得人，你的手机什么时候给我看过？老龚哪是老婆的对手，他只得找儿子要手机，可不等他开口，龚小全就说，老大，淡定，你最需要的是淡定。老龚不服，说，我怎么不淡定啦？我只是忘记了一些人，我想要回忆起来。龚小全说，老大，失意是忘记曾经的回忆，回忆是想起曾经的失意。老龚咀嚼了半天，也没嚼出什么味来。

好不容易熬过了休息日，上了班，老龚忙不及地向大家诉说自己的遭遇，可周一上午是最忙碌的，大家似乎都没怎么听老龚说话。只有一个人听进去了，说，这有什么稀奇，我也有过的，有一个名字，我到现在还没想起来呢。老龚说，兄弟，你那是一个名字，我这可是大部分的名字。那兄弟不以为然地说，一个和十个，和百个，性质是一样的嘛。停顿一下，又说，想不起来就别想了呗，现在信息爆炸，脑子里的东西本来就太多了，忘掉一点说不定是好事呢。老龚说，怎么是好事呢？那同事哀叹说，要不我和你换换，让我把你们他们都忘记吧。老龚说，怎么个换法？没法换的，这样吧，我知道你忙，我也不耽误你事情，你把手机借我看看。那同事赶紧带上手机走开了。老龚又到处找人要手机看，终于有几个人注意到老龚的异常了，他们一起把老龚攻击了一番，说，这年头，谁肯随随便便把自己的东西给别人看。老龚说，我就不相信了，这么大个单位，人情都这么淡薄。他又到其他办公室去尝试，结果搞得同事们见了他都绕道走。

老龚想到人情，便想到了自己的父母，人情再淡薄，父母不会淡薄的，中午休息时老龚就赶往父母家去了。老龚的父母合用一个手机，母亲一听说老龚要看他们的手机，也不问干什么，赶紧拿出来递到老龚跟前，你看，你看。老龚心头一软，暖乎乎的。可是打开一看，父母手机里的通信录却是空白的。老龚奇怪地说，咦，你们没有储存电话？父亲说，储那个干什么？母亲说，我们不会储呀。老龚不满地说，我明明教过你们，好几次试给你们看，你们都说学会了，结果还是没存。父亲和母亲同时说，哎呀，我们老了，新的东西学不会了，不学也罢了。老龚有些泄气，顿了顿又说，那你们要找人的时候，电话号码怎么知道呢，你们记得住、背得出来？父亲拿出一个破破烂烂的小笔记本，摊开来给老龚看，老龚一看，上面果然胡乱记着一些电话号码，但是几乎没有人的全名，都是张阿姨李大爷王大妈之类，老龚看了看，头大，说，你们这样记人家的名字，搞得清谁是谁？父亲说，这有什么搞不清的，我们虽然老了，但还没有老得连李阿姨王大妈都认不得了。

父母送老龚出来，走出好一段，他回头看看，父母还站在那里，母亲的手还一直没有放下。他心里忽然酸酸的，想到父母送他时那异样的担心的眼光，总感觉自己有什么地方不对头，浑身上下摸了摸，没摸出什么来，手往脑袋上按了按，脑袋也不疼，这让他心里更加不踏实了。

老龚绕了一点路，将车开到精神病院，挂号时人家问他，你一个人来的？没有家属陪同？老龚说，咦，人家说，来精神病院的也不一定就是精神病啊。那挂号的说，说是这么说啦。又问他，你看什么科？老龚说，我还、我还不知道我什么病呢。那挂号的笑了笑，说，到我们医院来看病的还能看什么病呢？又热情介绍说，看起来你是头一次来噢，我们有精神科，神经科，神经科呢，又分神经内科和神经外科，还有普通精神科，老年病专科，儿童心理专科，妇女心理专科等，你呢，既然不是老年，也不是妇女儿童，先挂个普通精神科看看再说吧。就给他挂了号。老龚到门诊去等就诊，坐在走廊的长椅上，坐下来时没有什么感觉，过了一会儿，觉得浑身有些不自在，抬头一看，吓了一跳，周边有一些神情异常的人都在盯着他看，老龚赶紧站起来想离远一点，就听到叫他的名字了。

进了门诊，医生是个和他差不多年纪的男医生，神色淡定，目光柔和，先听老龚自诉，老龚说着说着，就发现医生的眼神开始变化，起先是怀疑，渐渐地惊恐起来，最后医生阻止了老龚说话，说，你等一等。医生在自己的白大褂口袋里掏来掏去，什么也没掏出来，急了，朝外面喊道，小张，小张。一个护士在门口探着头问，刘医生，什么事？医生急切地说，我的手机呢？护士和老龚同时"咦"了一声，医生才发现，他的手机正在桌上搁着呢。医生打开自己的手机通信录仔细地看了看，一边收起手机，一边说，还好，还好。好像放了点心。但他继续听老龚自诉的时候，老龚总觉得他有点走神。

开CT单的时候，医生竟然把他的名字写错了，写成龚璟。老龚到CT室去做CT，护士拿了单子一念，念成了宫颈，又说，你到底是名字叫宫颈呢，还是做宫颈检查？话一出口，自己又笑，说，哎哟，你哪来的宫颈哟。把CT室的人都笑翻了。

做了CT，老龚从床上下来，拍片医生说，两天后来拿结果吧。老龚说，医生，你拍的时候大致能够看出什么情况吧，是脑子有病变吗？那医生大概想到宫颈了，笑道，当然，要有病也肯定在脑子里，不会在别的地方哈。吓得老龚哆嗦起来，急问道，你看出来了？你看出来了？医生指了指自己的眼睛说，我这是人眼，不是X光。要是人眼看得出来，还要你掏几百块钱做CT干吗，宰你啊？

这天下班回家，进了客厅，看到父母坐在那里，老龚正奇怪，中午明明刚去看了他们，怎么又来了呢？他老婆在厨房忙着，没有听到他进门，正背对着他的父母一迭声地说，他的手机，我不知道的，他和谁谁谁交往，和谁谁谁密切，他从来不告诉我，他的手机总是随身带着，为什么？有秘密不能让我看呗，他可是从来不曾让手机落空过，上厕所也要带进去的，洗澡也要带着的。

老龚不满地弄出了声响，老婆才回头看了看他，说，我说得不对吗？我歪曲你了吗？你的手机不是这样的吗？老龚的父母才不关心老龚的手机呢，他们关心的是老龚本人。老龚一进门，老两口就站起来，到老龚身边，一个拉着手，一个在另一侧伺候着，好像一个正壮年的儿子随时都会倒下去似的。老龚为了让父母放心，拍了拍胸，说，看看，看看，像有问题的吗？不料他这一说，父母反而更加紧张，互相对视一眼，似乎早就有了商量，他母亲小心翼翼地说，你吴叔叔的儿子，是心理医生，我们是不是请他来看看？老龚哑然失笑，说，妈，爸，你们以为我是心理疾病啊？母亲赶紧说，没有没有。父亲说，只是向吴医生请教请教而已。老龚还没说话，他老婆从厨房那儿探过头来，说，我看有这个必要。

既然那三人意见一致，下面就由不得老龚了，父亲赶紧掏出随身带着的小本本，找到吴叔叔的电话，一通交谈，父亲搁下电话对老龚说，吴医生正在医院值班，这会儿来不了我们家，吴叔叔让他一会儿打电话给你，你准备好要说什么。过了片刻，电话果然来了，果然是那个吴医生，老龚见家里人个个如狼似虎地瞪着他，不乐意，拿了手机进卧室，"砰"地关上门，听到老婆在外面说，你们看到了啊，一直就这种腔调。

老龚向吴医生从头说起，事情开始于星期天的早晨，他收到一条短信，是个段子，段子水平一般。吴医生说，你拣最重要的，简单说明就行，我这里还有病人等我呢。老龚吃了一闷棍，停顿下来，听到吴医生催促，才说了一句，我记不得手机上储存的人了。吴医生一时没听懂，说，什么意思？你再说一遍。老龚说，我也说不清，举个例子说吧，比如我收到一个短信，是王元木发来的，王元木的电话存在我的手机里，是不是说明我认得这个王元木？吴医生说，那是当然，不认得的人，你怎么会储存呢？老龚说，可是我不认得王元木，至少，我想不起他是谁了。吴医生清脆地笑了一声，说，噢，这个啊，没事没事，很多人都有过，我也有过，而且经常有，人太疲劳，精神压力大，工作紧张，家庭关系，子女问题等，处理不好，都会发生这种现象。老龚说，这是健忘吗？吴医生说，这不叫健忘，这可能属于间隙性失忆。老龚说，有什么办法治疗吗？吴医生说，不用治疗吧，你自己放松一点，想不起来就不要硬想，慢慢会恢复的。老龚觉得这吴医生也太马虎了，反问说，就这样，就算好了？吴医生听出了他的不满意，说，当然，也还有别的办法，比如，你可以请两天假，到安静的地方去待一待，或许就好了。

老龚心情沉重，走出房间来，对父母老婆说，间隙性失忆，医生让我出去待两天，安静安静，试试看。那三人正在发愣，龚小全回来了，照旧嘻嘻哈哈的，他妈看不惯他，说，龚小全，你别哼哼了，你爸得病了，失忆，说不定马上连你、连我都记不得了。龚小全"啊哈"了一声，朝老龚说，老大，多少人改姓了白，我可是看好你，你别变成老白啊。老龚说，你什么意思？他老婆说，说我们都是白痴呗。龚小全道，说你们吧，还真不忍心；不说你们吧，你们还真姓白。老大，你做什么CT，看什么心理医生，失什么忆啊，又不是你的病，这是一款手机病毒，"PNY"病毒。见大家目瞪口呆，龚小全又说，这病毒专门拆解汉字，上下拆，左右拆，里外拆。老龚虽然没太听懂，但已经隐隐约约意识到什么了，赶紧说，龚小全，你快说，怎么个上下左右里外拆？龚小全说，这还不好理解，一个姓郑的，就左右拆啦，姓郑的就姓了关，上下呢，比如一个贵字，就拆剩一个中，里外拆也是一样嘛，一个国，可以变成一个玉，以此类推，如此而已。

老龚愣了片刻，回过神来，赶紧拿起手机，打开通信录，根据龚小全介绍的病毒特征一分析，顿时恍然大悟。

王元木——汪远林

包子力——鲍学勤

关三白——郑泽楷

吉米——周菊

金马——钱骏

田文中——黄旻贵

辛月——薛明

言玉生——许国星

……

啊哈哈，老龚大笑起来，王元木，关三白，田文中，啊哈哈，汉字拆开来用，太有才了。他老婆却不信龚小全，喷他道，龚小全，你说鬼话，病毒怎么不搞我的手机呢？龚小全说，老妈，你不够格，只有老大这样的人才有条件被感染，条件有三：一是手机超豪华，二是通信录超大，三是机主超烦。说罢朝着老龚一伸手，老大，拿来，我帮你解毒。

老龚将手机递给龚小全，还没到龚小全的手中，他又缩了回来，忽然问，你刚才说的，三个条件最后一个是什么？龚小全说，机主超烦。老龚说，咦，机主超烦它也知道？它成心理医生了？龚小全说，它不是心理医生，它是自动统计学专家，通过统计机主使用通信录的概率，来分析机主的心情。老龚恍然道，原来如此。既然如此，这病毒不解也罢，都拆解掉，都不认得，岂就不烦心了。龚小全朝他做了个手势说，老大，你算是真正懂得了这款病毒的用意。龚小全这一说，老龚又不明白了，说，什么用意，病毒还能有什么好的用意？龚小全说，PNY，平你忧，老大，你要是真不解毒，我真喊你老大。

可他老婆来气了，冲老龚说，平你个头啊，他神经，你也神经啊，你不解病毒，手机里的人都不认得了，你要找人怎么办？老龚耸耸肩，潇洒地说，我找人干什么？老婆立刻说，龚小全马上要毕业了，工作还没着落呢，你不找人？

不找人还真不行呢。

隔了一天，有个朋友来找他，这人叫常肖鹏，写小说的，喜欢写真实的故事，还非要用人家的真名实姓，因此经常被对号入座，告上法庭，官司是必输无疑的。可必输无疑他还是屡犯不改，臭毛病重得很，说是如果换一个完全不真实的姓名，没有了现实感，写起来不过瘾，不爽。

那常肖鹏消息灵通，开门见山地说，龚璞啊，来找你求教呢，听说你的拆解法很神奇，能够把人的名字拆解开来，既不是原来的他，又还是原来的他——老龚打断他说，你搞错了，我才不是龚璞，我是龙王。常肖鹏反应足够快，笑道，龙王？你把自己也拆解啦？龚璞变龙王。老龚说，我帮你也拆解拆解吧，你这常肖鹏很好拆，一拆就成了小小鸟。

常肖鹏大笑说，小小鸟，小小鸟好。唱了几句：我是一只小小鸟，世界如此的小我们注定无处可逃；我是一只小小鸟，生活的压力和生命的尊严哪一个更重要。

后来常肖鹏就用小小鸟的笔名发表小说，并且使用拆解法将真实故事中的真实姓名改头换面，从此没有人再对号入座，写作进步，屡获大奖。

老龚的生活却没有什么变化，他依旧每天使用手机，每天都能看到手机通信录里的人名，他们是：

鲍学勤

黄旻贵

钱骏

王远林

许国星

薛明

郑泽楷

周菊

……

等等等等。

天气预报

　　早晨起来天气阴沉沉的，出门的时候，老婆说，你不带把伞？看上去要下雨了。于季飞蛮有把握地说，不会下雨，天气预报说不下雨。他很信任现在的天气预报。过去大家都管天气预报叫天气乱报，但现在确实不一样了，天气预报的准确度非常高，有时候准得叫人难以置信。

　　这不，一出门，迎面就看到云开日出了。

　　于季飞是个凡事预则立的人，他很在意事物的确定性，比如对于天气，天冷天热，天晴天雨，他都愿意早些了解清楚，好有所防备。天长日久的，养成了了解天气情况的习惯。开始还只是跟在电视新闻节目之后看一看，后来又听广播，开车上下班，一上车就会打开广播，知道哪个台什么时候报天气，报纸来了，他还要顺便再看一眼报纸上的天气预报，哪怕昨晚已经看过电视，今早也已经听过广播，他还是会再看一眼报纸。渐渐地，感觉现在的天气预报，已经渗透到人们生活的角角落落，几乎是无孔不入，无处不在，都跟空气差不多了。除了以上这些渠道可以了解天气，还可以拨打121电话询问，还有手机短信、上网查询等，条条大路通罗马，现代人的生活，真是方便快捷。

于季飞经常出差，每次出门前，他都到网上去查天气。网络是什么？网络就是无限大，网络就是无限多，网络就是无限疯狂，你想要什么它都能告诉你，你要到什么地方出差，什么地方的天气就摆在你面前。

这会儿他又接到出差任务了，要到四川资阳去，他想查一下当地的天气预报，可不知怎么一上网就掉线。打电话问行政管理，管理说，路由器老化了。问为什么不换新的，说领导没有发话。于季飞骂了一声什么，挂了电话。

坐在他对面的同事王红莱说，我今天不掉线，你到我这儿来查吧。于季飞就到王红莱的电脑上查天气预报。他们两个搭档工作好多年了，坐面对面的办公桌，一个负责外联，一个管内勤，两个人工作最大的不同就是于季飞经常出差，而王红莱从来不出差。

王红莱正好有事要走开，于季飞开玩笑说，你也不守着，不怕我偷看你的隐私？王红莱笑道，你爱看就看吧。走开了。

于季飞才不要看王红莱的隐私，两个人面对面坐了多年，且又是同一小区的邻居，熟得跟自家人也差不多，早已经没了这种兴趣。再说了，于季飞还是王红莱的电脑老师。一开始王红莱很拒绝电脑，但是大势所迫，工作所需，不可能不用，都是于季飞教的她。但是她本质上还是拒绝，凡是工作需要的，她都学得会，不是工作需要的，怎么教她都不进脑子，或者今天明明已经记住了，明天来上班，又忘得一干二净。用现在流行的话说，这叫作选择性遗忘。于季飞对自己这个学生很不满意，王红莱却说，可以了，我们这种人，到这样的程度算不错了。她说"我们这种人"，算是什么种人呢？

王红莱走后，于季飞打开天气预报的网页，正要搜索四川资阳这个地名，无意中发现网页的左侧，有一排长长的地名，这是电脑自动记录的"您近期关注过的城市天气"，于季飞心里忽地一奇，心想，王红莱从来不出门的，她关注这许多城市的天气干什么呢？比如她查过西安和延安，那条线路于季飞走过，那是一条最经典的陕西旅游线路，不下一个星期是走不下来的，可是王红莱什么时候离开过办公室七天以上呢？思想就信马由缰起来。等再收回来时，心里就不太自在，明明不想窥视别人的秘密，可又控制不了自己的思维，偏偏要往那上面想，还往那上面细细地分析，这王红莱到底怎么回事呢？既然先前没有出过门，那么很可能还没成行，或许这是在做打算吧，国庆长假快要到了，也许王红莱正计划长假出行呢。

于是，他就将心思放下了。

长假过后上班，王红莱一直没有说出去旅游的事情，于季飞等了两天，终于忍不住问了，还要装不经意的样子，说，去哪里了？王红莱没有反应过来，反问说，什么去哪儿了？于季飞说，国庆长假呗，你们出去旅游了吧？王红莱奇怪地说，你怎么会这么想？我从来不出门的。于季飞不怎么相信，又说，这个长假也没去？王红莱说，没有呀。于季飞说，没有去西安和延安？王红莱笑了起来，说，还西安呢，还延安呢，你哪来的这种念头，我哪有这样的福气？天天做家务，倒头的家务，越做越多，做不完。于季飞拖长了声音说，真的吗，不会吧？王红莱不由看了他一看，说，这有什么奇怪的，很正常啊，我不是长年如此嘛，单位搞内勤，家里也搞内勤，就是这个命吧。她的话匣子让于季飞给打开了，就"命怎么怎么"这个话题发了一大堆牢骚。

于季飞觉得王红莱有点反常，平时她不怎么发牢骚，碰到郁闷的事，最多叹息一声，也就算了。这次他问了一句旅游的事情，引来她这样的长篇大论，算不算是心虚的表现呢？

又觉得自己有些走火入魔，赶紧想，算了，算了，随她去没去，随她去哪里，不管她了。

过了一天在小区里碰到王红莱的老公，又忍不住了，先打个哈哈，然后说，长假里也没见你们的影子，出门去了吧，玩得开心吧？王红莱老公说，哪有，小孩快中考了，哪里敢出去把心玩野了！

于季飞判断失误，自己圆过来想，也许他们原来有计划，后来考虑不要影响孩子考试所以放弃了。

但是心里的东西还在，还没有放下，不仅没有放下，还渐渐地浓重了起来。因为在"您近期关注过的城市天气"那里，除了西安和延安，下面还有一长串的地名，当时他没来得及看，更没来得及记住，那些模糊的地名现在像一个个长了毛的疑团挠得他心里痒痒的，他又借故掉线到王红莱那儿去看了一下，地方还真不少呢。

过了一阵，他自己又出了一趟差，回来后就试探王红莱说，咦，我昨天在某地，好像看见你了。王红莱说，怎么可能？我上班呢。于季飞又想，会不会王红莱老公要出差，她是替老公查的天气？于是又说，跟你开玩笑的，不是看到你，是看到你老公了。话一出口，忽然就冒出一点冷汗，如果王红莱并不是替老公查的天气，而她的老公出差又没有告诉她，那岂不是出状况了？他无中生有这么一说，岂不是有意在挑拨人家的夫妻关系？赶紧收回来，说，还是跟你开玩笑的，没看见你老公。他心里恨不得抽自己几个嘴巴。

王红莱倒没在意他囧，甚至都没朝他看一眼，淡淡地说，他到哪里不关我什么事，我孩子要高考了，都紧张得喘不过气来，哪还有心思管别人呢？

于季飞心里忽然"咯噔"了一下，一直若隐若现的疑团，忽然就豁出了一道口子，前两天碰见王红莱老公的时候，他也说到孩子的考试，但他说的是中考，当时于季飞根本就没有听出问题来，这会儿王红莱说高考，才提醒了他，王红莱的女儿今年十七岁，怎么会是中考呢？

于季飞惊异了一会儿，不知道问题出在哪里，难道王红莱的老公不是她的老公，是他一直以来都认错了人，错把另一个男人当成了王红莱的老公？这个想法把他自己吓了一跳，赶紧说道，你老公怎么这么糊涂，你小孩明明高考，那天他却告诉我是中考，有这样当爹的？

王红莱"哦"了一声，说，他说的不是我们的孩子。见于季飞没听懂，又说，我们离了，你不知道吗？于季飞又吓一跳，以为王红莱开玩笑，但看她的样子，又不像在瞎说，问道，什么时候的事？王红莱仍然不温不火地说，有两三年了吧。他跟你说的那个中考的孩子，是他现在的老婆带过来的。她见于季飞发愣，又补充说，当初买房时，我们在一个小区买了两套房，算是未雨绸缪，为孩子买的，结果倒方便了离婚。

于季飞惊出一身冷汗，面对面坐着的同事，离婚两三年了，他竟然一点也不知道。他忍不住说，都两三年了，怎么从来没听你说过？王红莱说，又不是什么好事喜事，有什么好说的，难道还要我到处炫耀？于季飞说，你沉得住气，一点也没见你有什么反常。王红莱说，我反常的时候，你有自己的心思，也不会注意我。

这倒也是。

这事情就这么过去了，也没起什么波澜。过了一阵，王红莱忽然问于季飞，你怎么跑到清河那地方去了？于季飞顿时头皮发麻，心里一阵乱跳，那是他唯一一次和姚薇薇一起外出的地方。

姚薇薇是个未婚简单清纯的女孩，没什么心眼，一年前他和她在一次会议上相遇，他被她的单纯所吸引，所感动，两人渐渐走到一起。这是于季飞的婚外恋，他做得十分小心，十分隐蔽，怎么竟然让王红莱知道了？

于季飞着急而恼怒地说，你什么意思，我一年四季出差，为什么清河我就去不得？王红莱笑了笑，说，可是单位出差没有这个地方呀，这个地方和我们单位没有关系的嘛。于季飞更急了，说，难道我每次出差你都记得，你这么有心？王红莱说，咦，你每次回来报销不都是我做你的审核人吗？于季飞抢白她说，你记性真好，我自己到过哪里都不记得了，你倒都记得。王红莱又笑，说，那是因为你去的地方太多，你不稀罕，就不值得你去记住了，而我呢，从来没有出去过，只能在你的报销单上想象一下那个地方了。于季飞无言以对，想象着王红莱凭着报销单想象他出差时的情形，不由背上凉飕飕的。王红莱却又宽慰他说，不过，我可不是你想象的那样，你去的地方，我怎么可能凭一张报销单就都记下来？就算有那样的记性，也没有那样的精力，就算有那样的精力，也没有那样的兴趣。于季飞说，那你怎么知道我去过清河呢？王红莱说，这是你做老师的言传身教嘛，我过去从来不查天气预报，因为我从来不出门，最近孩子要去考省美院，我才学着你的办法，上网查天气预报，一上去就看到了你"关注过的城市天气"，其他地方我都听你说过，也看到过你的报销单，唯独清河这个地方，没见过，所以问问你，你紧张什么呢？于季飞气恼地说，

你趁我不在的时候，偷看我的电脑？王红莱说，你把我当什么
人了，我为什么要偷看你的电脑？你送给我看我都懒得看。见
于季飞发愣，她又指了指自己的电脑说，你忘了？前些时日机
关更新电脑，你淘汰下来的旧电脑，就给了我。我好说话嘛。
再说我又不精通电脑，配置什么的，差不多能用就行了。

于季飞张口结舌。当时他是将硬盘的内容都删除了的，确
信不会有什么秘密留下，才将旧电脑交出去的，而且行政管理
答应他，一定将他的旧电脑配给不懂电脑的王红莱使用，他才
放了心。

哪知自己还是大意了，电脑记录下了他的行踪。

真是报应哪，他凭着电脑记录的"您近期关注过的城市天
气"去怀疑王红莱，结果却暴露了他自己。

王红莱见于季飞恼羞成怒的样子，赶紧缓和气氛说，你别
当回事哦，去过哪里，没去过哪里，不能说明什么的。再说
了，你和我同事这么多年，你又不是不了解我，我不会跟别人
多说什么的。王红莱的话不错，但是于季飞心虚了，一旦心虚
了，就什么人都不敢相信了，和姚薇薇的这段地下情，早晚会
曝光。还是老话说得好，若要人不知，除非己莫为。

于季飞干脆抢先一步，回去先跟老婆那儿试探试探。找了
个老婆心情不错的时候，跟她说，现在生活真是方便，就说出

差吧，无论你到哪里，都可以提前至少一星期知道那儿的天气情况。老婆没听明白，疑问说，你说什么？于季飞说，我是说，如果一个人在电脑上查了天气预报，电脑会记录下你所查的地方名，有人会根据电脑的记录，了解你近期到了哪里。

老婆脸色有点变，不高兴地说，你什么意思，你是要查我的电脑吗？于季飞见她如此反应，心里反而踏实了些。

到了该去菜场买菜的时候了，老婆却磨磨蹭蹭不走，老是在书房进进出出，进去了又不干什么，转一圈又出来，过一会儿又进去。于季飞感觉她是想上电脑，但又不想让他看见，于是使个计说，忘了个事，要去单位跑一趟。老婆赶紧说，我和你一起走，我买菜去。

两个人一起出来，于季飞绕了一小圈，赶紧回来上老婆的电脑查询天气预报，在"您近期关注过的城市天气"那里，赫然记录着两个陌生的地名，一个是地级市，一个是县级市。这两个地方离于季飞生活的城市并不远，但是它们从来没有出现在于季飞的生活中，他和它们没有任何的瓜葛和联系，他也从来没有听老婆提起过，可她却查询了这两个地方的天气，干什么呢？唯一的可能，就是她要去那两个地方，或者她已经去过了，或者她正打算去，也或者，她经常去那两个地方。

一个是长州市，另一个是长水县，长水县是长州市下辖的一个县，于季飞又查了一下交通方面的信息，得知要去长水县，得在长州市转车，如果推理正常，也就是说，老婆是先坐车到长州市，再转车到长水县。

这个疑团又在他心里长了毛，挠得他痒痒的，不得安生。过了一天，他又偷了个空子打开了老婆的电脑，发现那个内容已经被删除了，无疑，老婆心虚了，她不想让他知道这件事。

到底是件什么事情呢？

双休日，于季飞临时改变了原本的安排，出发往长州市和长水县去了。

从长州市转车到了长水县。下车，就站在县城的街头了，看着同车的旅客四散而去，留下于季飞一个人独自站在那里，四顾之下，一时竟有些茫然，不知道自己在干什么，更不知道自己来干什么，想道，我怎么这么荒唐，就凭着天气预报记录的一个地名，就来了，来干什么？找人？找谁？是要做事情？做什么事情？

一无头绪的他，在县城的街上漫无目的地走着，有一个广告牌掠过他的眼睛，惊着了他，再回头定睛看时，他看到一个确定的名称：江名燕心理咨询诊所。

于季飞心里猛地一跳，他老婆的名字就是江名燕，老婆学的也恰恰就是心理学，只不过她在城里的医院工作，没有开什么心理诊所。

难道江名燕有分身术，一个她在城里当他的老婆、在医院上班，另一个她在这个小县城里开心理咨询诊所？

于季飞照着广告上的地址，找到了江名燕心理咨询诊所。一位坐在轮椅上的截瘫的女士，笑眯眯地看着他，点头说，我叫江名燕，我是这个诊所的心理医生。

不是他的老婆江名燕，是另一个江名燕，但是世上哪有这么巧合的事情，他的老婆江名燕和这个不是他老婆的江名燕，为什么会有某种联系呢？如果她们之间没有联系，那么他的老婆江名燕为什么要了解这个县城的天气预报呢？

江名燕医生在轮椅上艰难地挪动了一下，将身体挪得端正一点，仍然笑眯眯地看着一头雾水的于季飞，说，你是于季飞吧，我知道你会来的，只是，比我预计的迟多了。

接着，江名燕向于季飞说了这个早晚要说出来的故事。当年江名燕考上大学，就在拿到录取通知书的时候，出了一场车祸，高位截瘫了，可是她实在舍不得放弃那个苦读十二年换来的入学通知书，家人商量了一个主意，联系了亲戚家的一个女孩子，把名额送给了她，她就以江名燕的名字上了大学，走上了人生道路。她是个有良心的人，为了报答江名燕，在以后的日子里，她经常来看望江名燕，并且辅导她学习心理学，最后帮助江名燕取得了心理医师的资格证书，开办了这家心理咨询诊所。

最后江名燕说，我以为你早就会来的，却一直等到今天，看起来，你不是一个敏感多疑的人。

于季飞只觉得脸上发热，十分羞愧，从什么时候开始变得疑神疑鬼了呢？就是那个该死的天气预报，就是那一行自己留下的"您近期关注过的城市天气"，在他心里植下了一个又一个的疑团。

江名燕有些好奇，问道，这么多年，她一直没有引起你的怀疑吗？于季飞哭笑不得地说，没有，谁会怀疑一个方方面面都很正常的人呢？江名燕说，那这一次你是怎么来的呢？于季飞说，天气预报，她在电脑上查你们这个县的天气，我觉得很奇怪。江名燕说，终归会有这一天的。

于季飞注视着江名燕生动的笑容，问道，你叫江名燕，那她叫什么？江名燕抱歉地笑笑说，对不起，我只知道她的小名，叫小菲，我们是远房亲戚，过去从来没有来往，一直到她顶替我去上大学，我们才开始交往，开始我喊她的小名小菲。后来，等她大学毕业、工作了，我们再见面时，就互相喊对方江名燕，算是两个人共用一个名字。

于季飞说，荒唐，怎么会有这样的事情！江名燕说，不荒唐呀。于季飞说,还不荒唐,我竟娶了一个……她用了你的名字,她这个江名燕是假的。江名燕说,名字只是一个符号而已,和你结婚的是一个人,无论她叫什么,她就是她,而不是一个名字。

虽然江名燕说得不无道理,于季飞还是觉得很怪异,无法接受。他无法想象,当自己回到城里,回到家里,面对那个不是江名燕的江名燕时,他会怎么样。

但他必须得回去。

他没有能够回到家,就在回家的路上,他被姚薇薇挡住了。姚薇薇责怪他,本来约好星期天去看电影,他却不告而别,连个音讯都不给,姚薇薇追问他,跑到哪里去了?

于季飞被逼不过,脱口说,你不要追问了,问出来你会害怕的。这话一出口,姚薇薇忽然脸色大变,慌了神,结结巴巴地说,你,你,你去查我了?于季飞奇怪地说,我查你?我查你什么?我为什么要查你?眼看着姚薇薇两行眼泪"唰"地就下来了,姚薇薇哽咽着说,我知道,我知道,你早就怀疑我了,你早就怀疑我了。说着说着,索性就放开来哭,边哭边说,是的,我是结过婚,我是有老公,我还有孩子,是的,你的怀疑没有错,可是,可是,我不是存心要隐瞒,更不是存心骗你,我只是不想让你多想,更不想让你伤心。于季飞双手紧紧抱住脑袋，脑子里一片混乱，听得姚薇薇继续说，你要听我解释，你要听我说，他——于季飞没有再听下去，扭头就走。

手机里的猫咪叫了两声，又有短信来了。这个时间的短信，估计又是报天气的。于季飞不由自主地打开短信一看，果然是。

今天的天气情况是这样的：晴到多云，午间阴有小雨，傍晚转大到暴雨。

于季飞想，真是一个多变的天气啊。

寻找卫华姐

一

我就是卫华姐。

昨天小金跟我说，卫华姐，有个人在网上发帖寻找卫华姐，是不是找的你哦？我说怎么会呢。我又不在网上跟人搭讪，也不发帖，也不开博客，只是偶尔出于某个实用主义目的到某个角落去潜一下水，从没冒过泡泡，要找我的人，才不会到网上去找。小金说，那也不一定哦，人多力量大，他是发动群众一起找吧。我说，这倒是的，先就把你发动起来了。

　　我本来不想把这件事想下去的，可是过了一天，小金又跟我说，卫华姐，雷人哪，一夜之间冒出来好多个卫华姐。我说，那就好，总有一个是那个人要找的卫华姐。小金说，可惜没有，楼主说，虽然都是卫华姐，但是暗号没接上。我嘲笑说，还暗号呢，地下党接头啊？小金朝我摇头，一副恨铁不成钢的嘴脸，但还是没甘心，又说，卫华姐，你知道那些对不上暗号的卫华姐都怎么样了呢？我说，你是不是看谍战剧看多了，不会被当成叛徒枪毙了吧？小金说，枪毙？谁枪毙谁噢，差点把楼主给拍死。

　　我有我的事情和心事，哪个耐烦听这些，可小金还就偏纠缠住了，有心要给我找点故事来，说，你知道他们为什么要拍楼主？我说不知道。小金说，就是因为对不上暗号，因为楼主说了，对不上暗号，就不是卫华姐。我轻描淡写地说，不是卫华姐就不是卫华姐吧。小金说，可那些卫华姐说出了好多卫华姐的故事，有的说自己铁定就是卫华姐，但因为时代久远了，所以记不得暗号了，也有怪楼主自己记错了暗号的，还有一个说，都什么朝代了，还沿用老暗号，早就该改暗号啦，等等。我勉强给了她个笑脸，实在是没兴趣继续这个话题。

　　小金却又说，这些卫华姐也够执着的，眼看着成不了卫华姐，就联想到和卫华姐有关的人，有说是卫华姐的妈，有说是卫华姐的表大爷、卫华姐的干爹，还有一个说，找不到卫华姐，卫华妹你要不要？真是什么鸟都有。小金笑道，全是油菜花。我又跟着笑了一下，应付她而已。反正不关我事。

又过了一日，小金又蹭到我的办公区。我就觉得奇怪，这小金虽是我的同事，但平时跟我也不算热络，她的办公区跟我隔得老远，可自从看到了寻找卫华姐的帖子后，她老是来。

她没开口，我就先说了，小金你怎么又来了，是不是你在兴风作浪，帖子是你发的吧？小金说，怪了，我要找你，还用发帖子吗？你就在我面前嘛。我说，那也不一定哦，有些人有眼无珠，就在面前看不见噢。总算是报了她一箭。小金却蛮乐意领受，说，卫华姐，我有个直觉，那人就是找你的。不等我问为什么，她又说，因为我觉得他和你很像。我倒奇了怪，问，你见过他？小金说，倒是贴了个头像，是一只猫，不会就是他本人吧？又说，只不过我揣摩他的口气，看他写的东西，看他的风格，似乎和你是一类人。我说，一类？什么人？小金说，鸟人。近旁的同事都哄笑起来。小金说，卫华姐，我不是骂你，也不是骂鸟，我从来都觉得鸟人是特别美好的事情，你想想，又能走又能飞，多好。

我说，我飞过吗？小金说，你坐在那里发呆的时候，一定在飞。我没想到这丫头还能说出这样有哲理的话来，但我还是不认为寻找卫华姐和我有关，我对小金说，小金，你有什么心思就跟我直说吧，是不是男朋友出状况了？小金说，卫华姐，你以为我花痴啊，我再告诉你一个信息，他去的那个吧，叫老地方吧。

我心里果然动了一下，说，老地方吧？还有这样的吧？小金说，切，什么吧都有，宁缺毋滥吧，子虚乌有吧，还有一个叫精神病发作期吧。

说实在的，我心里又动了一下，问小金，那个发帖的人，是叫建国吗？小金说，帖吧里哪有叫建国的，都穿马甲。我说，那他叫什么？小金说，我告诉过你了，他叫鸟人。

我承认是老地方这个名字打动了我，因为我刚刚经历了一次老地方的遭遇。

二

几天前的一个下午，我接到高林的电话，说，卫华姐，建国回来了，要请我们聚一聚。我就觉得奇怪，这个建国，从小和我们一起长大，一起上学，又一起工作，后来我们终于分道扬镳了，他和小军、小月几个人出去闯天下，北漂的北漂，南巡的南巡，剩下我们几个留守在老地方循规蹈矩按部就班地工作和生活，开始一两年，还有些联系，但后来就断了，断得很彻底，彼此不再来往，也不再有消息。这没有什么奇怪的，奇怪的是建国这家伙，从前是跟我最铁的，现在回来了，不先来找我，倒去找高林。

高林哪能不知道我这点心思，说，卫华姐，他先打听到了我的手机，就打给我了。我说，行啊，找谁都一样，到哪里聚呢？高林说，建国说了，老地方。我说，老地方是什么地方？高林说，嘿，卫华姐，你跟我问的一样，我也忘记了老地方。高林这一说，我才想了起来，是有一处老地方，当初我们没有分手时经常聚会的地方，可这么久了，那个叫西七的小饭店，还会在吗？高林说，建国说了，还在，他已经订了包间。我怀疑了一下。高林又说，要是不在了的话，建国怎么订得到包间呢？最后高林把西七的地址转发给我，建国写得很详细，新衢街和旧学坊交界处往右拐进旧学坊，旧学坊里第二条巷子，叫莲花巷，莲花巷 12 号。

我揣着这个曾经很熟悉，但又早已经遗忘了的详细准确的地址，晚上就去了，上了出租车，我报了地名，见司机点了点头，我就更踏实了。我从城东赶到城西，路途遥远，好在建国定的是晚七点，我还有足够的时间在路上消磨，只是眼睛看着计价表上的数字快速翻滚，心里就没的痛了一下，好你个建国，吃你一顿隔代饭，代价还不小。

　　哪曾想到这才是代价的开始，那司机载我到了城西，似乎就迷了路，但并不说话，只是嘴里"啧啧"作响，我看出奇怪，问他，是不是找不着路？司机不理我，嘴里又开始"咦"来"咦"去，"咦"到最后，他不能不理我了，也不能保持面目一直向前的姿态了，他侧了一下脑袋，斜眼看了我一下。这下轮到我"咦"了，我说，咦？我告诉过你地址了，而且，这里差不多就是新衙街了。那司机还是金口难开，车子再往前，看到了竖在街头上的路标，正是新衙街，说明我们已经开到了新衙街的尽头，司机设法掉了头往回开，我的脸贴在车窗玻璃上，睁大眼睛朝外面看，不要错过了旧学坊，可是天色已经黑下来，看不清楚，司机似乎有点恼，但他又恼我不得。错不在我。又开了一段，可能感觉又快到新衙街的另一个尽头了，司机终于忍不住了，停了车，打开车门，下去拉住一个路人问路。问完路上车，司机打了方向盘又掉头。我说，又开过头了？司机只管沉着脸往前开，仍没发现旧学坊，一会儿又开到刚才已经到过的新衙街的那个尽头，别说司机不干了，我也不干了，我说，算了算了，我下车了。我付车钱的时候，司机才说了一句，旧学坊可能拆了。我气得大声说，不可能，还有人在那里等我呢。那烂车屁股一冒烟开走了。

　　下了车我的心情忽然好起来，旧学坊一定就在附近，走几步就到了。真是如有神助，走了几步，就看到了旧学坊的路牌，我心里刚一激动，很快却又犯犹豫了，这旧学坊和新衙街是十字交叉状，而不是丁字交会状，我可以从两个坊头进入旧学坊，这才发现，建国让我们往右拐，这是个错误的指示，他怎知道我们从哪个方向进入新衙街呢？且不管那么多了，好在旧学坊已经找到，大不了我走错一头，回出来再进另一头就必定是了。

没想到我又错了，我从这头进入旧学坊，旧学坊里第二条巷不是莲花巷，第三条也不是莲花巷，第一条巷也不是莲花巷，我回来，又从另一头进入，还是没有莲花巷。我退出来，街头上有个书报亭，我过去打听莲花巷，那个卖报的妇女说，莲花巷不应该从这里走，你要绕到望亭路的口子进去。我不知道那个望亭路在什么地方，报亭妇女说，这个圈子绕得远呢，你要打个车。我重新上了一辆出租车，这个司机比刚才那个司机好一点，我上车时他还说了一声你好。但是他绕了好一会儿，眼看着没希望找到望亭路进入莲花巷的口子，就好不到哪里去了，跟我说，你下车吧，我要交班了。我说，都是六点交班的，都七点了，你交什么班？那司机说，我就是七点交班。我说，我可以投诉你的。司机说，你投诉好了，没有人投诉的司机不是人。我一边生气一边下车，正好高林的电话来了，没等他开口，我没好气地说，高林，你搞什么搞，我找不到西七。高林说，卫华姐，我也找不到西七。又说，我刚才打电话问了小刚他们，他们也没有找到。我说，高林，建国回来，你见到他了吗？高林说，没有，他直接打电话给我的。我说，那你看看他的来电显示。高林看了，说，1390后面是103，这好像是北京的手机。我说，明白了，建国在北京搞我们呢。

自认倒霉吧，各自回家，一夜无话。

第二天一早，高林就来电说，卫华姐，建国来电话了，向我要你的手机，我不知道他又要搞什么，就没给他。又说，可我想想还是不对，建国他为什么要在北京搞我们？我想想也不对，我决定去做一件事情。

上午单位不忙，我抽个空子又跑了一趟新衙街，因为是大白天，眼目清亮，一下子就找到了莲花巷，只是没有12号，什么号也没有，整条莲花巷都拆了，用蓝色的围板围起一个大工地，我看不见里边是什么，往前走了走，终于找到一个缺口，朝里探望了一下，就是一片废墟。有个工人见我张望，过来说，你找人吗？我说，我找一个地方，莲花巷12号，就是这儿吗？他说，不知道，我是外地人。说罢他钻进工棚里去，过片刻又退出来说，昨天晚上也有个人来找的。我说，什么样的人？他摇了摇头说，天太黑，看不清，男的。

我打电话告诉了高林，高林说，算了算了，不跟他计较了。我叹口气说，老地方已经不是老地方了，没地方可找老地方了。高林说，卫华姐，说话绕这么大的圈子干什么啊？我回味了一下自己说的话，惊出一点虚汗。

三

小金帮我进入那个老地方帖吧，可我没有注册，发不了帖，小金说，你现在就注一个吧。我说多麻烦，她说，一秒钟。又说，我帮你弄，你叫个什么？见我不吭声，又麻利地说，我替你想一个吧，一败涂地，两叶掩目，不三不四，吆五喝六，七上八下，十生九死，你挑吧，保证没人用过。我说，那是，现在的人，互相就是靠踹。小金说，不踹了不踹了，你自己想吧，你叫什么？我说，我叫卫华姐。小金刚要否定，嘴还没张开，忽然双手一举，朝我竖起两个拇指，说，牛，牛，我叫卫华姐。就噼噼啪啪地替我注了册，我心里笑她，你以为你是卫华姐啊。注册成功，该我打字发帖了，我就打字发帖说，鸟人你是建国吗？

谁知道鸟人什么时候才会回复，或者根本就不回复。我是不会等的，我得干自己的正事。那小金好像没事可干，到她自己的电脑上去等了。等了一会儿，那人的回帖来了，问，你是卫华姐？小金赶紧又跑过来，说，卫华姐，我说的吧，他在等你呢。她又看着我打字发帖，我说，我是卫华姐。他马上回帖说，你是卫华姐的话，你应该知道暗号。我说，哪来的暗号？从来就没有暗号。那鸟人竟笑了起来，说，对上了，卫华姐，就是你。

小金长长地吁了一口气，想明白了，感叹说，原来暗号就是没有暗号，那么多聪明人都只管往暗号里想，偏没有往没有暗号里想。

小金的话倒把我的想象给搞起来了，我猜想他就是建国。小金见我激动，反而又说，淡定，卫华姐，要淡定。

现在我们对上暗号了，我就是卫华姐，他就是建国，我们可以约了见面，但是我吸取了上回的教训，我说，建国，有什么事你到我单位来谈，我单位一楼大厅，有咖啡座，没人打扰，今天下午一点。我以为难住他了，他在北京，怎么能到我单位来？哪料建国一口答应，倒给了我个措手不及。

建国不是我的初恋情人，我不会因为去见建国而慌乱，但我确实有点不淡定，我说，这个人，什么人，去无踪来无影的。小金说，咦，咦，早告诉你了，他是鸟人。鸟人就意味着飞来飞去，你看到鸟飞来飞去，但是你又不知道哪只鸟是哪只鸟。

　　我到一楼的咖啡座转了一下，倒是有几个在等人的，但是我没看到建国，我正猜想是不是又一次上当受骗时，忽然有人喊我卫华姐，我朝他看了看，但他不是建国，我说，你是喊我吗？那人说，你不是卫华姐吗？我当然是喊你啦，你不认得我了？我是建国呀。我摇了摇头说，你怎么会是建国！那人说，卫华姐，你再仔细看看，我是建国。我说，你干吗要冒充建国？那人说，天地良心，我没有冒充，我就是建国。我心想，这个鸟人，到底要干什么？那人又道，卫华姐，你看我这里有一颗痣，你记得我小时候就有一颗痣的吧。我不认他，说，现在的人，要想让自己的脸上长颗痣出来，也不是什么难事。你开这么无聊的玩笑，有意思吗？两个人僵持了一会儿，那人又说，其实我自己也奇怪，前几年我生了一场大病，脱了形。我又朝他仔细瞧瞧，还是怀疑，我说，但你不怎么像生了大病的样子，也不瘦，气色也不错。建国说，这个我真是解释不清楚了，我脱了形以后，慢慢调养，后来又恢复过来了，一照镜子，我也认不出自己了。

　　这鸟人，硬说自己是建国，我也不跟他争了，就认他是建国算了，我说，建国，你回来干什么，找我什么事？建国说，我家有处老宅，想麻烦你帮我卖了。我说，你家老宅，不会是莲花巷12号吧？建国知道我在揶揄他，赶紧说，莲花巷的事情我可以解释清楚的，那天我下了飞机就想找你们一聚，又不想太麻烦你们，就想起了老地方，一打114，西七果然还有，我就订了座。我哪知道它早就搬了地方，虽然还叫西七，却不是从前那个西七了。我想了想，说，就算认你这个解释，但是卖老宅怎么能让别人代办呢？建国说，想麻烦卫华姐和我一起去公证处，办个委托。

事情进展这么快，我有点发愣，愣了半天，才想起来说，那也不行，卖房子得夫妻双方一起到场，办公证也一样哦。建国说，我没有夫妻双方，我只有一方。他拿出一张纸来，朝我扬了扬，说，这是证明，证明我是单身。我也没看他的纸。纸能证明什么呢？

四

我陪建国到所在区的公证处去，材料递进去，立刻就被扔了出来，建国的身份证正好掉在我的面前，我朝那照片一看，难怪人家要扔出来，我又朝建国的脸看了看，忍不住又说，建国，你真的不是建国哎。建国说，卫华姐，你怎么又来了？这个问题我们已经有结论了。我说，可是人家不给你结论。

建国指了指我，对那个工作人员说，她能证明我是建国。那人并没看我一眼，只说，她是谁？建国说，她是卫华姐，她有身份证和其他有效证件。这话倒惹得那面孔铁板的人笑了起来，说，她有证明也只能证明她是她自己，不能证明你是你自己。

我才想到，原来建国找我，是为了让我证明他，我这个人好说话，他说他是建国我就可以算他是建国。只可惜我算他是建国，没有用，一点用也没有，他身份证上的照片已经把他出卖了。建国有点着急，和那个人讲道理说，你想想，如果我是假的，我完全可以用一张假身份证来蒙骗，换上我现在这张脸，你就看不出来了。那人觉得建国讲的道理完全不成为道理，他只是说，反正这个人不是你。建国说，那你说我是谁？那个人说，我不知道你是谁，反正你不是身份证上的这个人。

建国朝我看，求我的救兵，我救不了他，我说，你自己看看是不是你吧。他也不看自己的身份证，只说，我知道不像，那是因为我生了一场大病。那个人抢白说，你倒没有说你整了容。

我们两个无法可想了，站也站累了，便退到一边坐下，先歇一会儿，我说，建国，算了吧，别委什么托了，你就自己去卖老宅吧。建国说，我要是自己能卖我就不麻烦你了，我已经订了今晚的机票。我们正在商量，旁边来了一对老夫妇，也坐下来，那老先生跟我们请教说，同志，怎么才能证明我们是一对夫妻?

我和建国对视了一眼,建国先说,拿结婚证出来呗。那老先生说,结婚证丢了。我说,补办结婚证。老先生说,不给办,因为没有证明证明我们是夫妻,可我们确实是夫妻,我们已经过了金婚。我又想说,到双方单位开证明吧。可是我没有说出来,因为这是常识,肯定有人会指点他们,估计他们也没搞到单位证明,也许单位早就没了,也许从来就没有单位,什么可能都有,总之他们现在无法证明他们是夫妻。老先生朝老太太点了点头,又摇了摇头,没有再问我们什么话。我倒是顺便替他们想了一下,他们为什么要证明自己是夫妻呢,买卖房子?立遗嘱?或者其他什么需要?不过我并不需要答案。

老夫妇的难题不仅没有让建国泄气,反而给他鼓了劲,建国说,卫华姐,他们这么难都在努力,我们继续。重新回到办事处那儿,建国说,我有办法了,你们上网查。那个人说,你叫崔建国,全国叫崔建国的有多少?建国说,输入我的各种特征,我不相信有一个和我完全相同的崔建国。

那个人倒也不嫌麻烦,就上网去查崔建国,按照建国提供的种种特殊条件,果然找到了一个匹配的崔建国,打开网页,赫然就是一张大头像,年轻帅气,我叫了起来,建国。那工作人员说，是呀，这照片上的才是崔建国，可你不是。建国急赤白脸了，说，我要不是建国，我就是，我就是，我就是——不知道就是什么了。我说，就是鸟人。那个工作人员以为我在骂人，赶紧劝说，有话好好说，女同志还出粗口啊。建国赶紧替我澄清说，她没有骂人，我就是鸟人。

话题又进行不下去了，思路也堵塞了，但是现场的气氛倒是发生了变化，开始是那个人态度不好，现在我们火冒起来了。他要态度时，我们低三下四，阿谀奉承，等我们火冒了，他倒和蔼可亲了，提醒我们说，你们再仔细想想，还有没有其他可以证明你是崔建国的证明。我们还真的想了一想，想起一个人来，也是我们的发小，叫周冬冬，他现在就是这个区的区长。

我赶紧报上周区长的名字，那个人笑了笑，说，报区长的名字有什么用？我说，我可以给他打电话，让他跟你说。那个人又笑说，我怎么知道电话里的人是不是周区长？再说了，我们小小的办事员，从来接触不到区长，也不认得区长，这不能算证明。建国气得拍了一下桌子，说，依你这么说，我就不能证明我是崔建国了！那人说，你本来就不是崔建国嘛。你们就别跟我打马虎眼了，我也不怀疑你们是诈骗，诈骗没这么理直气壮的，知道你们是好心替别人办事的，你们还是让他本人来吧。

他本人已经来了，哪里还有另一个他本人呢？我已黔驴技穷，建国拉了我就走，边走边说，卫华姐，只有一个办法了，你去找国庆吧。国庆是建国的弟弟，不知为什么，建国走后，两兄弟就不再来往，互不理睬。我说，你不是不理他吗？又去找他，他未必愿意理你。建国说，所以要你去才行。

我去找国庆，找来一看，国庆长胖了，和建国身份证上的照片还真有点像，更重要的是国庆脸上也有一颗痣。我奇了怪，说，国庆，你从前有这颗痣吗？国庆说，从前就有，不过从前痣小，一般不会注意，现在长大了些。我把话跟国庆一说，起先国庆觉得很荒唐，不肯去，我说，你不信，我也不信，但事情就是这样的，你跟我去看看，不行就拉倒。

国庆就跟我走了一趟，还是那个办事员，一看国庆到了，说，我说的吧，你们早把本人弄来，也不必费这么大的周折了。又严肃地对国庆说，崔建国，以后办这类公证，一定要本人亲自到场，现在的人眼睛都凶，你想蒙街道办事处、蒙居委会都难，更别说蒙公证处了。

我们办妥了委托书，建国已将出售老屋的有关内容通过中介挂到网上，留下了我的联系方式，他走了，剩下来的事情，就由我对付了。

五

建国像鸟一样飞走了，倒丢下个包袱给我，不过我也没那么傻，买房的人，爱来不来。

小金又蹭过来了，问我，卫华姐，有人买房吗？我说没有，要不你买吧，也让我了却个心思。小金笑道，我才不要。又说，要不我发个帖，看看有没有上钩的？我说，这种广告帖，你能贴上去？小金说，我隐晦一点，试试吧。

就发了一个，只写了一句：有老地方一处。

果然有人来和小金搭讪了，他们似乎对看不见的东西更有兴趣。那个买主要看房，我跟他约了时间，带上钥匙就去建国的老宅。那地方我没去过，不过这一次还算幸运，不是莲花巷12号，比较顺利地就找到了，在一个偏僻的小院里，房子也旧了，小院里有几户人家，东西杂乱，但是很安静，与"老地方"倒是相符的。我们进去都没向人打听，知道最西边一间就是。

那个人看了看房子，倒是满意，对价格也没有太大的意见，最后看房产证的时候，他怀疑起来，说，你是崔建国？我心一虚，赶紧说，我不是。那人说，房子不是你的？我说，我代朋友卖的。他说，你朋友呢？我说在国外呢。他就往外走，不想和我谈了。可我得抓住这个机会，我说，我有他的身份证复印件和委托书。我拿出来给他看，他不看，说，这种东西，造一个假的，太容易了。又说，哪有卖房子房主不出现的！说完便头也不回地走了。

过了两天，又有人来了，这回我先说明了，我是代朋友卖房的，但手续齐全，这个倒比较爽快，说，有手续就行。过来看了房子，也还满意，又仔细看了委托书和其他资料，最后问我，房主呢？我说，在北京。他说，那等他回来再说吧。又走。

我回来想给建国打个电话，结果却打到国庆的手机上去了，我请国庆再帮一次忙，国庆给我面子，又答应了，我打电话给那个买主，说，房主回来了。那人说，咦，这么快？我说，也是巧了。

我们又约了，仍然在老宅那里见面，那人一进来就朝着国庆看了看，拿了建国的身份证复印件对比了一下，说，像倒是蛮像的。又说，但是哪有这么巧的事呢，说回来就回来了？又问国庆，你这房子多少年了？多长时间没人住了？你的邻居都是干什么的？国庆答不出来，那人的脸就沉了下来，说，你脸上这颗痣是假的吧？国庆先慌了，我赶紧镇定地说，痣怎么会是假的，不信你自己摸一摸，看会不会掉下来。那人说，不管它会不会掉下来，反正它的位置不对，你身份证照片上，痣在这个部位，你本人脸上，痣在那个部位。我说，痣是真痣，但是痣长着长着也会移位的。那人说，你怎么不说他的脑袋移位到别人的脑袋上去了呢？稍停一下，又说，果然我掉以轻心了。

我说，你怎么掉以轻心了？那人说，别人提醒我，买二手房要小心，要看房产证，还要对上房主本人，否则很可能是诈骗，我当时还想，哪有那么巧让我给碰上。

他不买房子就算了，居然还报到派出所去了，把我和国庆都请了进去，结果当然是会出来的，但是搞得我好囧，国庆生我的气，说，卫华姐，我觉得你已经不是卫华姐了。单位领导也批评我说，张卫华，你工作的时候怎么没有如此丰富的想象力呢！

见小金冲我笑，我心想，你先别笑，等我来收拾你。她是始作俑者，我不报复她报复谁去？但是我没她鬼点子多，想不出整她的好办法。下班的路上，我坐在公交车上，车子经过一条街，街边有个音像店，店里正在播放一首歌：直到开始找不到你，直到终于不想找到你，直到擦身而过也不认得你。

我重复地哼哼着这几句歌词，一直哼到下车。

过了一天，小金又来了，说，卫华姐，奇怪了，又有人寻找卫华姐了。我说，这回又是谁在寻找卫华姐，不会又是鸟人吧？小金似乎有点迷惑，说，一个叫金三角的。我说，咦，金三角？这不是你以前用过的网名吗？小金说，我有吗？我有用过这个名字吗？我说，怎么没有呢？我们还笑话你，那可是世界头号毒品产地，你取这个名字，找拍呢。小金恍恍惚惚地说，我的妈，我注册过的名字，我竟然忘了。我说，你用过就扔的名字谁知几多，怎么就不会忘了呢？我记得你还叫过"打死也不承认"，叫过"乌烟瘴气"，等等。小金又想了想，说，是呀是呀，我现在想起来了，我还有一个"你已经不是你"。我说，那就对了，这个金三角肯定是你。小金说，难道这个寻找卫华姐的帖子是我自己发的？我说，有可能，但是你干吗要寻找卫华姐呢？你不是说过，我就在你面前，不用寻找吗？小金彻底迷糊了，说，难道还有另一个我？我说，难说的，有的人一个人分裂成好几个人呢。小金说，卫华姐你别吓唬我。我说，我没吓唬你，我现在都不知道到底有几个卫华姐。

小金迷迷瞪瞪地回到自己的办公桌旁去了，只过了片刻，她又过来了，说，卫华姐，又有人来了。我说，什么人？小金说，自称卫华姐。我说，她说什么了？小金说，她和她的妹妹已经失散许多年了。我说，小金，恭喜你啊，终于找到失散多年的姐妹了。

越走越远

老翁年轻的时候开了一家古旧书店，开始只是迫于生计，也只当权宜之计，结果没想到一做就做了一辈子，而且真是爱上了这一行，其乐无穷。所以老翁希望儿子也能喜欢上这一行，从儿子小的时候，他就有意识地让儿子多接触古书旧书，比如听说哪里有货要出，老翁跟对方联系好后，自己不去取货，而是指派儿子去，儿子呢，也不反对，父亲指到哪里，他也能做到哪里，但是他心不在此，只是表面应付而已，一直到他考大学的前夕，父亲仍然在指派他，让他填报图书馆专业，但父亲的这最后一次指派，翁马没有服从，他填报了另一个专业，商业管理，从此决定了自己的命运。这对老翁的打击很大，他从此常常坐在店里长叹，说，我一辈子的心血，就没人要了啊。

其实翁家父子还都算跟一个"商"字有点联系的，只是这两个与"商"有关的工作性质却相去甚远。从前父亲基本上不用出门，自会有人上门来，买旧书的和卖旧书的都会来找他，偶尔知道有重要的重大的来路，他才会出门前去看货，尤其到后来，他的小店名气越做越大，有时老翁出门前往，甚至会有车来接他去。更多的时间，父亲就坐在店里，坐等生活。

而翁马的工作却是天南海北到处跑，有一次出差，他住进一家连锁酒店，酒店叫作吴门书香，翁马是在网上预订的，因为看中了这个名字，结果到那里一看，果然很讲究书香气，每个房间里，都有一格书柜，除了摆置一些书籍，还置放了几本酒店自办的小内刊，刊名叫《陈年旧事》。

《陈年旧事》刊登的内容大致有两部分，一部分是作者撰写的短小的旧事，另一部分是从过去的一些旧书旧杂志上摘登的短小的旧文，翁马随手拿了一本翻翻，小刊很薄，开本也小，没有封面，第一页直接就是目录，翁马随意地看了一下，就看到一篇旧文章，是从一本旧杂志上摘录下来的，是一个旧人写的，这个旧人的名字叫作倪陈。

翁马似乎见过这个名字，但记不起来是在哪里见过的，他读了倪陈的旧文，才知道了，这是一位专写往事的老作家。倪陈的文章写了一个故事，好多年前，他在某某街上一家很小的旧书店里，看中了一本线装书，是《书林清问》，当时身边恰好没带够钱，便试着与店主商量，要赊这本线装书，保证过一两天就送钱来。他原以为自己与店主素不相识，店主是不会同意的。不料店主非常爽快，一口答应。虽然店主并不要倪陈的欠条，但倪陈还是坚持写了一张字条，硬交给店主收下，才拿走了那本线装书。倪陈在文章中说，虽然事情已经过去许多年了，但他还记得那家旧书店的名字，叫作汇弘书店，唯一遗憾的是，他忘记了那位店主的名字，也许他当时根本就没有问人家姓什么叫什么，也许是问过的，但是年代久远忘记了，但这件事情连同那店主的长相，许多年来，时不时地浮现在他眼前，他甚至记得那店主长着一张团团圆圆的脸，很和善，真是个一团和气的好人。

其实翁马一开始就看出来了，倪陈写的旧书店，就是他父亲的书店，这篇旧文让他想起了一件事情，父亲临终前，给他留下了一张字条，字条上写了一个人的名字和地址，父亲告诉翁马，这个人在许多年前买了他一本线装书，当时是赊的，答应过一两天就来还钱，但是很多年过去了，父亲却一直没有等到他。父亲留下的就是这个人的姓名和地址，父亲跟翁马说，你可以再等一些时候，如果他来还，就不要收他的钱，如果他一直不来，你就要去找到这个人，一定要找到他，讨回卖书钱。翁马觉得很奇怪，父亲不是一个小气的人，经常有人来买旧书，差几个钱，父亲就不要了，为什么对这个人欠的这笔小钱这么计较呢？他忍不住问了父亲，父亲没有回答为什么，只是说，你去讨回来。

父亲字条上的那个姓名就是这个倪陈。父亲去世后，翁马也曾想替父亲完成心愿，去过地址上的那个地方。但是那个家，那条街，连同那个地方都没有了，拆了，建成了一个全新的什么地方，谁都不认得谁。寻找倪陈的线头一下子就断了，后来翁马也就算了，觉得自己至少也算是尽过心了。

现在翁马却从这本《陈年旧事》的小刊上忽然看到了倪陈的名字，甚至还看到了这桩事情，那根断了的线头似乎又出来了。倪陈的文章是从一本叫作《长亭古道》的杂志上摘下来的，翁马至少可以找到这个杂志社去问一问，杂志上既然发表了作者的文章，那么必定会和作者有交往，即使不见面，也应该有电话或书信往来，即使没有电话书信往来，也至少有个邮寄地址吧，否则刊登他文章的杂志和稿酬往哪里寄呢？

翁马从前也曾经听父亲提到过《长亭古道》这本刊物，就是他们所在的城市的一家文化单位所办，是一本地方文化性质的刊物，父亲的旧书店里，也曾经摆过一些早已经过期的《长亭古道》，虽然不起眼，但也总会有一些同样不起眼的人来淘它们，满怀希望而来，淘到了心仪的刊物，欢天喜地而去，对老翁赞不绝口，因为在别人的店里是淘不到的，只有到了老翁这儿，才可能出现希望。

对于这些淘旧书旧杂志的人，翁马也曾关注过他们的一些动向，因为他不知道他们为什么对淘旧书有这么大的兴趣，有一次他就问过一个人，这个人姓匡，也是一位老者，和老翁差不多年纪，但老翁却喊他小匡。他跟老翁开玩笑说，你就怕我的筐里装得太多，你气不平啊。他总是带个布袋子，淘到了旧书旧刊，就小心地装进去，袋子确实不大，他每次淘得也不多，叫小匡还真是叫对了。那一天小匡从老翁手里接过一本已经很破旧的《长亭古道》，喜滋滋地翻开来，翻到其中一页，递到翁马面前，说，你看，就是它。翁马接过去粗粗看了一下，写的是一桩往事，这作者年轻时喜爱画画，常去小桥头顾老师家学习，顾老师倾心相教，后来顾老师搬走了。多年后，他的画和顾老师的画同时出现在卖方市场，结果买家买走了他的画，顾老师的画却始终无人问津，顾老师羞愧而去。许多年来，这件事情一直折磨着作者，他多方寻找顾老师却一直未能找到，等等等等。翁马起先以为这事情跟小匡有关系，后来问了小匡，才知道，并没有什么关系，那个小匡，并不认得这个作者，也不认得另一位主人公顾老师，只是听说作者写了这件事情登在杂志上，小匡辗转地找到作者，问是登在哪本刊物上，那作者年纪已经很老，记不清了，胡乱地说出了好几个刊物，结果都不对，最后小匡动脑筋想了想，觉得可能是登在《长亭古道》上的，就抱着试一试的心情，到老翁店里来了。

在翁马看来，这个故事并没有什么值得大书特书或者大肆宣扬的地方，只是淡淡的一件小事、旧事，小匡却激动来激动去折腾个不停，翁马当时曾想，真是人各有志、人各有爱啊。

这就是《长亭古道》这本刊物曾经给翁马留下的印象，没想到，现在它的出现，却给了翁马一个了却心愿的机会。

翁马出差回来后，先上网查了一下这本刊物，才发现它早已经停刊了，这一点也没出乎翁马的意料，像这样纯粹的地方文化刊物，肯定都是赔本买卖，最后没人肯赔了，就停刊了。

翁马正欲再次放弃寻找，但是网上提供的内容却让他又有了继续下去的信心，因为《长亭古道》虽然停刊，但刊号并没有吊销，而是由城市建设委员会接手，改成了另一本刊物，叫作《今日我城》。

翁马本来可以照着《今日我城》在网上留的电话直接打过

去，但拿起电话却又放下了，他觉得自己的这件事情，电话里似乎说不清，或者说，似乎不太适合在电话里说，于是他就按图索骥找上门去了。

接待翁马的是一位年轻人，翁马一看他的模样，心里就有点犯难，跟一个80后去谈这么一件事情，翁马还真不知怎么开口，因为话头离得很远，心思一走到话题的那一头，就有一种时空相错的隔离感，一个朝气蓬勃茁壮成长的80后，会有耐心听一个从前的长长的却又很平淡的故事吗？翁马只好先看了看这个办公室，说，就你一个人？80后笑了笑，说，我们有六个人，今天正好编辑部有活动都出去了，我留下来看门的，为防有人来，就正好防到了你。翁马也笑了笑，说，我说呢，怎么才一个人办公。又说不下去了，停下来。那80后倒不着急，笑眯眯地给他泡上一杯茶，说，请坐。

翁马坐下来，硬着头皮从头道来，你们的《今日我城》，原来就是《长亭古道》那本刊物吧？80后又笑了笑，说，我就知道你是来问《长亭古道》的。见翁马惊讶，80后又说，我虽然来的时间不长，但已经接待过好几位寻找《长亭古道》的人了，都是上了年纪的人，絮絮叨叨，问长问短，我本来并不清楚《长亭古道》是怎么回事，被他们问来问去，答不出来，挺难为情的，就了解了一下，才知道了一点《长亭古道》

的事情。翁马说，我还没算上年纪吧，你怎么猜到我也是来打听《长亭古道》的呢？那80后又笑了笑，说，感觉出来的吧。停顿一下，又说，不是感觉出你年纪老，是感觉出你有这种气质。说得翁马倒有点难为情，挠了挠头说，啊哈，从来没有人这样说我呢。其实是有人说过的，就是他的父亲老翁，只是翁马并不认同父亲的意见。

后来80后又主动问翁马，是不是要打听从前在《长亭古道》工作过的人，翁马说，你知道他们吗？80后说，知道，这已经成了我工作的一部分了嘛。就指点翁马，让他去市文联询问，那本《长亭古道》杂志，虽然曾经因为经费问题，几易其主，但早年创刊的时候，是文联主办的。

翁马抓住这个线头，果然有效，文联几个热心的同志一凑，回忆往事，翁马才知道，《长亭古道》的老主编和一些老编辑早已去世，大家从还活着的与之有关的人群中去搜索，群策群力，终于想起一个人来，这个人叫何云美，并不是《长亭古道》的编辑，而是一个热心的读者。

翁马以为是个温文尔雅的老太太，见面了一看，才知道是个老头，且五大三粗，既和这个名字不符，也和他印象中的老文人相去甚远。何云美只听翁马说了个开头，脸色立刻就变了，翁马也不知怎么回事，觉得说不下去，就停了下来，等何云美发话。果然何云美毫不客气地说，你老头子记错了。翁马不明白，说，记错了？什么意思？何云美说，其实，是我在你老头子店里赊了那本线装书，是我没有还钱。翁马惊讶地张了张嘴，还没来得及说话，何云美又抢着说，不过你别以为我是个赖子，不是我不还钱，是我这个人忘性大，你家老头子明明知道，他也不提醒我，下回见到我也不向我要，这不能怪我吧！翁马哭笑不得，说，何先生，我是来找倪陈先生的。何云美却不依，说，你连谁是谁、谁做了什么、谁没有做什么都没搞清，你找的个什么东西？翁马说，并不是我要找倪陈，是我父亲的一个心愿，好多年也没有替他了却。何云美说，你有可能搞错了他的心愿，他一定是说我赊了他的书没还钱。翁马赶紧说，不会的，不会的，有我父亲的字条为证，我父亲的字条上写得清清楚楚，是倪陈，何况，又有倪陈先生的文章为证。何云美不稀罕地"切"了一声，说，文章虽然是白纸黑字，事实却不是白纸黑字，谁知道他到底有没有赊过老翁的书？就算他真的赊过，他也并没有写他还没还钱，也许他还了呢？要是他没有还，他应该会写出来的，那样文章才更好看呢，他是个会写文章的人，这么精彩的内容他肯定会写出来的，他没有写，就说明他已经还了钱，而没有还钱的人，是我，你说是不是？

翁马想了想，说，我只是按照父亲的希望找这个倪陈倪先生，以前一直没有头绪，现在终于有了线索。何云美说，线索？什么线索？就是这个倪陈写的文章？翁马赶紧切入主题，说，何先生，您认得这位倪先生吧？何云美赌气说，我干什么要认得他！翁马说，您再想想，倪陈那篇回忆赊书的文章，发表在《长亭古道》上，您一直就是《长亭古道》的热心读者——何云美打断他道，正因为我是热心读者，我才会发现问题嘛，我才知道编辑只会编文章，编不了事实的嘛。翁马说，您是说，这篇文章中有差错？何云美道，何止是有差错，那是大错特错，《书林清问》明明是我向老翁赊的，他硬扯到自己头上去。

翁马见何云美理直气壮，想必那线装书就在他手里，既然如此，他也不要再多费那份心思了，便道，也好，既然《书林清问》在你这里，我就不找倪陈倪先生了。

何云美似乎犹豫了一下，但随即又神情坚定起来，说，你跟我走一趟，到那儿你就知道了。带着翁马到了他家的另一个住处，在一个旧式小区的二楼，一个小套。翁马估计这是何云美家从前的旧宅，后来改善了住房条件，老宅子也没有卖掉，想必是何云美存书的地方。翁马的猜测没有错，打开门一看，连小小的客厅里也摆满了旧式的书橱，这些书橱都是自己打造的，质量粗糙，但是容量很大，从地板一直竖到天花板，真是顶天立地，不只四面沿墙摆满，屋子中央也整齐划一地列着一排排的书架。翁马说，哟，像图书馆啦。何云美说，多是多啦，不过多不过你家老头子。翁马说，那不一样，我父亲是开书店的，你这是私人藏书。说得何云美高兴起来，在书橱书柜间穿来行去，两根手指点着书，一本一本地划过来。翁马以为何云美是带他来找《书林清问》的，不由问道，这么多书，您记得放在哪里了吗？

何云美终于愣住了，脸也红了，过了好一会儿才说，你是说《书林清问》吗？然后他长长地叹了一口气，说道，要是真在我这儿，就好了。见翁马顿觉失落，又赶紧说道，那本书，当时大家都想要的。翁马说，哦，结果被倪陈先生买走了。何云美立刻否认说，不可能，他也没有买走。翁马说，那它在哪里呢，是谁买走的呢？何云美说，反正不是倪陈。话又绕了回去，翁马算是服了他，他才不要和他顶个什么真，说道，你一定不承认是倪陈先生的事情，那就算是你的事情，就算是你赊了我父亲的书，现在我找到你了，也不用你还钱了，这事情也算有个了结了，我会告慰父亲，让他安心。何云美却不依，说，听你的口气，十分不情愿，什么叫就算，说得这么勉强，好像是我强迫你认同似的，那不行。翁马说，那要怎样才行？

何云美说，当然要有证据才行。

翁马说，证据我有啊，就是我父亲留下的那个字条，上面写着倪陈和他的地址呢。何云美说，那才不是证据，小翁，你等着，我会把证据找出来给你的。

翁马回家往沙发上一坐，他的姿势他老婆就能看出些问题，问他说，你怎么了，今天工作不顺利？翁马懒得多说，摇了摇头，电话铃就响了，老婆去接了，是找翁马的，翁马过去一听，那人说，你是老翁的儿子小翁吧？翁马说，我是翁马，你是谁？那人不说自己是谁，只说，我听说你在找那个向老翁赊《书林清问》的人，你不能听信别人的误导，那个人是谁，我知道。翁马说，你是谁我还不知道。那人说，我去见你，见了你就知道我是谁了。翁马说，那也不一定，谁搞得清楚你们这些事。他不想要这个人到他家里来，有一个何云美已经够烦人了，他不想再来一个。那人见翁马不答复，改口道，如果去你家不方便，那我明天到你单位找你。翁马一听，头皮都发了麻，他单位那些麻利忙碌的年轻同事，要是见到何云美之类的人物，小姐们恐怕都要晕过去了。所以赶紧说，方便的，方便的。那人高兴地说，那太好了，我这就去。翁马再想问一下你在哪里，大概什么时候到，那边已经性急地挂了电话。

翁马搁了电话跟老婆说，有个人要来，你准备个茶杯。老婆问是谁。翁马说，我也不知道是谁。老婆道，神经病。拿了个茶杯去洗。翁马也不知道打电话的那个人是在哪里打的电话，也不知道他什么时候能够到门上，正思忖着，门铃就响了，翁马想，动作倒快，像是在我家楼下打的电话哦。

开门一看，却是两个人，后面跟着的那个，正是何云美，前面这个中年人朝翁马说，小翁，我没喊他来，他自己硬要跟来的，你不能怪我。翁马见这人面熟，正要问，何云美抢上来介绍说，他是小匡的儿子。小匡的儿子抢白他道，不用你介绍，我自己会说。又朝翁马道，我父亲是小匡，我就是小小匡。

翁马的老婆泡了一杯茶出来，才发现来了两个人，又重新再去泡茶，小小匡却说，你不用给他泡茶，他不算你家的客人。老婆朝翁马看看，觉得奇怪，心想翁马从哪里弄来这样的朋友，其实翁马也在奇怪，但他还是顾了何云美的面子，毕竟人家都这把年纪了，朝老婆说，他们开玩笑呢，你再泡一杯来吧。

那小小匡却不买账，他既不买倪陈的账，也不买何云美的账，坚持说赊老翁账的人，是他的父亲小匡。父亲赊了老翁的账以后，还一直说，会还的，会还的，那不就说明了他没有还吗？何云美说，小匡也许说的是另一件事，也许赊的不是《书林清问》，而是另一本书呢。小小匡说，那你能证明你赊的就是那本线装书《书林清问》吗？手朝何云美一伸，道，你拿得出《书林清问》吗？何云美也不客气，也将手朝小小匡一伸，反问说，你拿得出？小小匡两手一摊，说，我拿得出就不用跟你在这里费口舌了。

翁马见这两人顶真，劝他们说，要不这样吧，就算我父亲有三本《书林清问》，你们一人赊了一本去，倪陈先生也赊了一本，这不就摆平了？

那两个人一听，急得跳了起来，异口同声道，这怎么可以，这怎么可以！翁马说，有什么不可以？又不是你们的书，是我父亲的书，该我说了算。那两人道，你说了不算的，不可能有三本《书林清问》，总共只有一本，是孤本，独一无二的。翁马道，既然知道是孤本，怎么会给三个人都赊了去呢？

小小匡一急之下，抓了翁马家的电话就往外打，叽里咕噜叽里咕噜说了一大堆话，但电话那边的人分明不赞同他的意思，小小匡更急了，额头上汗都冒了出来。何云美阴阳怪气道，抓了别人家的电话，像自己家的。小小匡朝他看了看，继续打。何云美又说，明明自己有手机。小小匡捂住话筒，指了指说，座机是市话，打手机什么代价？

翁马赶紧朝这两个人摆了摆手，说，算了算了，我不找了，你们走吧。这两个人却急了，又不愿意走，又指责他不能完成父亲的心愿，又批评他不能坚持到底。翁马也急了，生气地说，我要找的人是倪陈，不是你们。结果两个人同时说，我们认得倪陈，我们可以带你去找。

到得倪陈家，出来的当然不是倪陈，倪陈早已作古，是倪陈的孙子倪辉。翁马上前仔细一看，竟然就是《今日我城》杂志社的那个 80 后，倪辉看到他们，也不意外，说，又来了，坐吧。

翁马说，你知道我会来吧。那 80 后倪辉笑道，我哪里知道你会来，这个《长亭古道》里东西很多的，虽然它是一本早已经停刊的刊物，但许多人还都在里边呢。翁马想，这倒也是，我父亲在里边，你爷爷也在里边，这何云美，小匡，小小匡，都在里边，现在连我也跑到里边去了。

倪辉不急不忙地说道，翁先生，我们这个家，你也看得出来，别说线装书，连现在的新书也很少。翁马说，你爷爷在的时候，家里书多吗？倪辉说，我爷爷在的时候，确实喜欢买书，而且他只买线装书，所以，他的这篇文章肯定是真实的，但是我爷爷还有一个习惯，买了线装书，过几天就会送人，只要哪个说一声，哇，这是本好书，他就送给人家了。翁马说，原来是这样。倪辉说，至于我爷爷在你父亲店里赊的那本《书林清问》算不算是好书，是不是也送给谁了，到底是送给了什么人，我们一概不知道，反正家里肯定没有。

倪辉这么说了，翁马倒有点不好意思了，停了停，才说，其实，我也就是看到了那篇文章，试着找一找，当初你爷爷说是打过欠条，但是我父亲并没有把欠条交给我，也许你爷爷早就把书钱还了，是我父亲记错。倪辉却说，既然你父亲临终前还记着这件事，就说明我爷爷可能没还钱。这样吧，我们折算一下现金，我现在就还给你，事情就结束了。翁马还没来得及解释自己不是来要钱的，那两个人已经跳了起来，嚷道，你不能拿他的钱，那书不是他赊走的。

翁马说，我也不说话了，我不知道说什么，我把父亲的字条带来了，你们自己看吧。遂将父亲留下的那张字条拿了出来，大家上前一看，上面倒是有一个人的名字和地址，但却不是倪陈，也不是何云美，不是小匡，不是老翁自己，是一个谁都不认得的人。大家指着翁马说，你看看，你也太粗心了，把字条都搞错了。

80后倪辉又笑了笑说，其实我这里也有一张字条，是我爷爷留下的，我爷爷临终前也向我交代过一件事情，爷爷有一位朋友，年轻时性情相投，十分要好，却始终不知道这朋友是干什么工作的，后来他们有了个约定，如果两人都能活到七十岁，那朋友就告诉我爷爷自己的真实身份。结果他去了台湾，一去就是几十年，一直到爷爷活了七十岁，也没能见上面，甚至都没能联系上。这成了爷爷临终前最大的遗憾，爷爷将那人的姓名和出生年月写在纸条上，留了下来。爷爷走了多年后，那人回大陆来了，找到我家，向我家人兑现了当年对我爷爷的承诺，说明了自己的身份。爷爷的心愿总算了却了，最后我把爷爷写的字条拿了出来，那老人接了去一看，说，我的姓名和年龄都是错的，他写的不是我吧。又说，谁知道呢？也许他这上面写的才是我，而我知道的我才不是我呢。结果我们大家都跟着他笑了起来。

翁马听了后，顿了顿，问道，你那字条呢？80后倪辉说，这些年搬了许多次家，字条弄丢了，别说一张小字条，连家里的户口本，我爸我妈的结婚证都丢过。

何云美呵呵地笑了笑，小小匡道，字条丢了，脑子总算还没有丢，事情还记得哦。80后倪辉道，脑子也不一定没丢哦。小小匡道，要是脑子也丢了，你怎么说得出这件事情？80后倪辉道，你怎么知道我说的这桩事情就是原来的那桩事情呢？小小匡说，那倒也是。

翁马揣着那张搞错了的字条，没有再解释什么，也没有表现出自己的疑惑，就回家去了。

　　老婆正在家里等他，见到了，跟他说，你瞎忙什么呢？翁马说，你又不是不知道，父亲临终交代过的事情，我见有了点头绪，就去寻找，结果越找越乱，不找了。老婆笑道，你那样找不仅越找越乱，还越找越远。翁马听出些意思，朝老婆看了一眼，老婆手里捧着一本书，正是那本线装书《书林清问》。老婆说，就放在爸爸的那口旧皮箱里。

生于黄昏或清晨

　　单位里一位离休老同志去世了。这是一件正常的事情。人老了，都会走的。但这一次的情况稍有些不同，单位老干部办公室的两位同志恰好都不在岗，小丁休产假，老金出国看女儿去了，单位里没人管这件事，那是不行的，领导便给其他部门的几个同志分了工，有的上门帮助老同志的家属忙一些后事，有的负责联系殡仪馆布置遗体告别会场，办公室管文字工作的刘言也分到一个任务，让他写老同志的生平介绍。这个任务不重，也不难，内容基本上是现成的，只要到人事处把档案调出来一看，把老同志的经历组织成一篇文字就行了，对吃文字饭的刘言来说，那是小菜一碟。

虽然这位老同志离休已经二十多年，他离开单位的时候，刘言还没进单位呢，但是刘言的思维向来畅通而快速，像一条高质量的高速公路，他只在人事处保险柜门口稍站了一会儿，翻了几页纸，思路就理出来了，老同志一辈子的经历也就浮现出来了。档案中有多年积累下来的各种表格，它们相加起来，就是老同志的一生了。这些表格，有的是老同志自己填的，也有的是组织上或他人代填的，内容大致相同，即使有出入，也不是什么大的原则性的差错，比如有一份表格上调入本单位的时间是某年的六月，另一份表格上则是七月，年份没错，工作性质没错，只是月份差了一个月，也没人给他纠正，因为这毕竟不是什么大不了的事情。

本来这事情也就过去了，刘言的腹稿都打好了，以他的写字速度，有半小时差不多就能完成差事了，他把老同志的档案交回去的时候，有片刻间他的目光停留在最上面的那张表格上了，表格上老同志的名字是张箫生，刘言觉得有点眼生，又重新翻看下面的另一张表格，才发现两张表格上的老同志名字不一样，一个是张箫声，一个是张箫生，又赶紧翻了翻其他的表格，最后总共出现了三个不同的版本，除张箫生和张箫声外，还有一个张箫森。刘言问人事处的同志，人事处的同志有经验，不以为怪，说，这难免的，以本人填的为准。刘言领命，找了一份老同志自己亲自填的表格，就以此姓名为准写好了生平介绍。

生平介绍交到老同志家属手里，家属看了一眼就不乐意了，说，你们单位也太马虎了，把我家老头子的名字都写错了，我家老头子，不是这个"声"，是身体的"身"。刘言说，我这是从档案里查来的，而且是你家老同志亲自填写的。家属说，怎么会呢，他怎么会连自己的名字都填错了呢？刘言说，不过他的档案里倒是有几个不同的名字，但不知道哪一个是准的。家属说，我的肯定是准的，我是他的家属呀，我们天天和他在一起，这么多年，难道还会错！刘言觉得有点为难，老同志家属说的这个"身"字，又是一个新版本，档案里都没有，以什么为依据去相信她呢？

他拿回生平介绍，又到人事处把这情况说了一下，人事处同志说，这不行的，要以档案为准，怎么能谁说叫什么就叫什么呢，那玩笑不是开大了？刘言说，可即使以档案为准，老同志的档案里，也有着三种版本呢。人事处同志说，刚才已经跟你说过这个问题了，你怎么又绕回来了呢？刘言的高速公路有点堵塞了，他挠了挠头皮说，绕回来了？我也不知怎么就绕回来了，难怪大家都说，机关工作的特点，就是直径不走要走圆周，简单的事情要复杂化。人事处的同志笑了笑，说，你要是实在不放心，不如到老同志先前的单位再了解一下，他在那个单位工作了几十年，调到我们单位，不到两年就退了，那边的信息可能更可靠一点。

刘言开了介绍信就往老同志先前的单位去了，找到老干部处，是一位女同志接待他，看了看介绍信，似乎没看懂，又觉得有些不解，说，你要干什么？刘言把事情经过简单说了，女同志"噢"了一声，说，我也是新来的，不太熟悉，我打个电话问问。就打起电话来，说，有个单位来了解老张的事情，哪个老张？她看了看刘言带来的介绍信，说，叫张箫声，这个声，到底对不对，到底是哪个 sheng（shen、seng、sen），是声音的声音，还是身体的身？还是——她看了看刘言，刘言赶紧在纸上又写出两个，竖起来给她看，她看了，对着电话继续说，还是森林的森，还是生活的生？什么？什么？噢，噢，我知道了，原来是这样。女同志放下电话，脸色有点奇怪，有点不乐，对刘言道，这位同志，你搞什么东西，老张好多年前就去世了，你怎么到今天才写他的生平介绍？刘言吓了一跳，说，怎么可能！张老明明是前天才去世的，我们领导还到医院去送别了他呢。女同志半信半疑地看了看他，最后还是相信了他的话，说，肯定老胡那家伙又胡搞了。他以为女同志又要打电话询问，结果她却没有打，自言自语地说，一个个信口开河，胡说八道，谁都不可靠，还是靠自己吧。就自己动手翻箱倒柜找了起来，翻了一会儿，才发现了自己的问题，停下来说，咦，不对呀，他人都已经调到你们那里了，材料怎么还会在我这里？刘言说，我不是来找材料的，我只是来证实一下他的名字到底是哪一个。女同志说，噢，那我找几个人问问吧。丢下刘言一个人在她的办公室，自己就出去了。这个女同志有点大大咧咧，刘言却不想独自待在陌生人的办公室里，万一有什么事情也说不清，就赶紧跟出来，看到女同志进了对面一间大办公室，大声问道，张箫声，张箫声你们知道吗？大家都在埋头工作，被她突然一叫，有点发愣，闷了一会儿，有一个人先说，张箫声，知道的，是位老同志了，什么事？女同志说，走了，名字搞不清，他现在的单位来了解，他到底叫张箫哪个"sheng（shen、seng、sen)"。另一个同志说，唉，人都走了，搞那么清楚干什么，又不是要提拔，哪个"sheng（shen、seng、sen)"都升不上去了。女同志说，别搞了，人家守在那里等答案呢。大家就七嘴八舌地说起来，说什么的都有，但好像都没有什么依据，有分析的，有猜测的，有推理的。不一会儿，大伙儿给老同志名字的最后一个字，又添加了好几个新版本，有一个人甚至连肾脏的肾都用上了。女同志头都大了，说，哎哟哎哟，人家就是搞不准，才来问的，到咱们这儿，给你们这么一说，岂不是更糊涂了？刘言也觉得这些人对老同志太不敬重了，说话轻飘飘的，好像老同志不是去世了，而是坐在办公室里等着大家调侃呢。

女同志一喳哇，大家就停顿下来，停顿了一会儿，忽然有个人说，是老张吗，是张箫 sheng（shen、seng、sen）吗？我昨天还在公园里遇见他了呢，怎么前天去世了呢？女同志惊叫一声说，见你的鬼噢！另有一个女同志失声笑了起来，但笑了一半，赶紧捂住嘴。先前那人想了半天，才想清楚了，赶紧说，噢，噢，我收回，我收回，我搞错了，昨天在公园里的不是他，是老李，对不起。于是大家纷纷说，也没什么对不起的，时间长了就这样，这些老同志退了好多年，平时也见不着他们，见了面也不一定记得，搞错也是难免的。

刘言不想再听下去了，便悄悄地退了出来，那女同志眼尖，看见了，在背后追着说，喂，喂，你怎么走啦？可是你自己要走的，回去别汇报说我们单位态度不好啊。刘言礼貌地说道，说不上，说不上，跟我们也差不多。

　　刘言重新回到老同志家，看到老同志的遗像挂在墙上，心里有些不落忍，对他家属说，还是以您说的身体的"身"为准吧。老同志家属说，果然吧，肯定还是我准，如果我都不准，还有什么更准的？刘言掏出生平介绍，打算修改老同志的姓名，不料却有一个人出来反对，她是老同志的女儿。女儿跟母亲的想法不一样，女儿说，妈，你搞错了，我爸的"sheng"字是太阳升起来的"升"。她妈立刻生起气来，当场拉开抽屉，拿出户口本来，指着说，在这儿呢。刘言接过去一看，张箫身，果然不差。刘言以为事情终于可以告一段落了，可是那女儿却也掏出一个户口本来，说，这是我家的老户口本。两个户口本的封皮不一样，一个是灰白色的硬纸板封皮，一个是暗红色的塑料封皮，一看就知道是时代的标志和差异。但奇怪的是母亲拿的是新户口本，女儿拿的反而是老户口本。刘言说，你们换新本的时候，老本没有收走吗？那女儿说，我们不是换本，我们是分户，我住老房子，所以收着老本，老本上，我爸明明是张箫升，升红旗的升。老太太仍然在生气，说，反正无论你怎么说，老头子是我的老头子，不会有人比我更知道他。女儿见妈不讲理了，说话也不好听了，说，难道你亲眼看见我爷爷奶奶给我爸取名的吗？老太太说，哼，一口锅里吃了六十多年，就和亲眼看见一样。女儿说，就算亲眼看见，都八十多年了，说不定早就搞混了。老太太气得一转身进了里屋，还重重地把门关闭了。

刘言手里执着那份生平介绍，陷入了僵局，不知该怎么办了。那女儿却在旁边笑起来，说，咳，这位同志，别愁眉苦脸的，没什么为难的，你就按我妈说的写吧。刘言说，那你没有意见，你不生气？那女儿说，咳，我生什么气呀，哪来那么多气呀！我也就看不惯我妈，样样事情都是她正确，我得跟她拗一拗，现在拗也拗过了，至于我爸到底是"声"还是"身"还是"升"，人都不在了，管那还有什么意思呢？刘言如遇大赦，正要改写，忽见那老太太又出来了，手里举着几张证件，说，搞不懂了，搞不懂了。

原来老太太被女儿一气之下，就进里屋找证据去了，结果找出来好些证件，有身份证、工作证、医疗证、离休证、老年证、乘车证等，可是这些证件上的名字，居然都不统一。老太太气得说，怎么搞的，怎么搞的，这些人，不像话。那女儿却劝她妈说，妈，你怎么怪别人呢？你自己平时就没注意没关心嘛，你要是平时就注意就关心了，错的早就改了嘛。老太太说，改？这么多不同的字，照哪个改？那女儿嘻嘻一笑，说，照你的改呗。老太太这才把气生完了，看着刘言按照她的说法将老张的全名改为张箫身，接过那生平介绍，事情才算是办妥了。

刘言回到单位，把这遭遇说给大家听，大家听了，说，刘言你这么认真干吗？人都不在了，搞那么准，有必要吗？另一同事说，你追查清楚了想干什么呢，告慰老张吗？又说，你可别告慰错了，弄巧成拙。刘言想辩解几句，但想了半天，却不知道该辩解什么，也不知道该替谁辩解，最后到底也没有说出一句话来。

那天回家后，刘言把自己的几个证件找出来，一一核对，不同证件上自己的名字是完全一致的，这才放了点心。但是老婆觉得奇怪，问他干什么，刘言说，我看看我的名字。老婆更奇了，说，这有什么好看的，名字生下来就跟着你了，难道今年会换一个名字？刘言既然心里落实了，也就没再吱声。

不几日就到清明了，刘言带着老婆女儿回家乡上坟，遇到一老乡，咧开嘴朝他笑。他认不出老乡了，但看着那没牙的黑洞洞，觉得十分亲热，但也有点不好意思，便也笑了笑，点点头，想蒙混过去。不料老乡却亲热地挡住他，说，小兔子，你回来啦？女儿在旁边"扑哧"一声笑了出来，说，哎哟哟，小兔子，啊哈哈，小兔子。越想越好笑，竟笑疼了肚子，弯着腰在那里"哎哟哎哟"地喊。刘言愣了一会儿说，大叔，你认错人了，我不是小兔子？老乡说，你怎么不是小兔子，你就是小兔子，你打小就是小兔子。刘言说，我排行第四，所以小名就叫个小四子。那老乡说，我不是喊你小名，你是属兔的，所以喊你小兔子。刘言"啊哈"了一声，说，果然你记错了，我不属兔，我属小龙。老乡见他说得这么肯定，也疑惑起来，盯着他的脸又看了一会儿，说，你是老刘家的老四吗？刘言说，是呀。老乡一拍巴掌道，那不就对了！就是你，小兔子，你小时候大家都喊你小兔子。刘言说，我怎么不记得了？老乡奇怪地说，你们从乡下人变成城里人，难道连属相都要跟着变吗？刘言说，我可没有变，我生下来就是属小龙的。老乡也不跟他争了，喊住路上另外两个老乡，问道，老刘家的老四，属什么的？那两个老乡也朝刘言瞧了几眼，一个说，老刘家老四，属狗的，小时候叫个小狗子。另一个说，不对不对，老四属猴。刘言赶紧说，小时候叫个小猴子吧。他老婆和女儿都笑得前俯后仰，说，不行了，不行了，肚子要断掉了。老乡不知道她们俩笑的什么，感叹说，城里人日子好过，开心哪。

刘言也不再跟他们计较了，上了坟就赶紧到大哥家去。他兄弟四个，只有大哥一家还在农村，俩兄弟到饭桌上，先洒了点酒在地上祭了父母，然后就喝起来。大哥寡言，喝了酒也不说话，刘言代二哥三哥打招呼说，本来他们也是要回来的，因为忙，没走得成。大哥说，忙呀。刘言又说，不过他们都挺好的，让大哥放心。大哥跟着说，放心。刘言说一句，大哥就跟着应一句，刘言不说话，大哥也就不作声，就好像刘言是大哥，而大哥是老四似的。后来大嫂过来给刘言斟酒，说，老四啊，明年是你大哥的整生日，做九不做十，今年就要做了，你跟老二老三说一下。大哥说，咳呀。意思是嫌大嫂多事，但大哥话没说出口来，刘言也没听进耳去，因为刘言心里被"整生日"这说法触动了一下，说，大哥，你都六十啦。本来他已经把路上那老乡的事情丢开了，但喝了喝酒，又听到说大哥六十了，就觉得那岁月的影子还在心里搁着，一会儿就隐隐地浮上来，一会儿又隐隐地浮上来，忍不住说，大哥，你属什么的？大嫂笑道，老四你做官做糊涂啦？你跟你大哥差十二岁，同一个属相。刘言说，属小龙？大嫂说，咦，哪里是小龙，属大龙的。刘言说，奇了，我一直是属小龙的呀。大嫂说，噢，也可能你小时候给搞差了吧。见刘言有点蒙，又劝说，老四，没事的，小时候搞差的人多着呢，我姐的年龄给搞差了五岁呢，不照样过日子！口气轻描淡写。还是大哥知道点儿刘言的心思，说，城里人讲究个年龄，不像乡下人这样马马虎虎。大嫂有点儿不高兴，说，那就算我没说，老四你该几岁还几岁，该属什么还属什么。大家就没话了。

离开了大哥家，刘言三口人到乡上的旅馆住下。那娘儿俩嫌刘言打呼噜，便合睡一间，让刘言单独睡一间。刘言夜里听到乡下的狗叫，便想起小时候的许多事情，结果就梦见了母亲，刘言赶紧问道，娘，老四是属小龙的吧？母亲笑眯眯的，眼睛雪亮，说，生老四的时候，天气好热，天都快黑了，还没生下来，后来就点灯了，也巧了，一点灯，就生了。刘言说，娘，你记错了吧，我是冬天生的，早晨七八点钟，太阳升起来的时候。母亲摇了摇头，转身就走了。刘言急得大喊，娘，你不能走，你走了，我就再也不知道我是什么时候生的了。可是母亲还是头也不回地走了。刘言大哭起来，把自己哭醒了。好半天才回过神来，心里悠悠的，摸不着底。看看窗外，天已亮了，乡镇的街上已经人来人往了。刘言起来到隔壁房间门口听了听，那娘儿俩还睡着呢。刘言给老婆发了一个短信，自己就出去了。

到得街上，打听到乡派出所，刘言进去一看，已经有很多人来办事了，围着一张办公桌，吵吵嚷嚷的，他插上去探了一脑袋，那守在办公桌边的警察朝他看看，说，排队。又看他一眼说，你是外面来的？刘言赶紧说，是，是。警察说，那也得排队。刘言空欢喜了一下，发现大家都朝他看，有点尴尬，往后退了退，心里着急，这么多人，也不知道要等多长时间才轮到他，在后边站了站，听出来警察正在断事情呢，听了几句，觉得这警察虽然长得歪瓜裂枣、其貌不扬，说话倒是很在理，很有水平，也很利索，刘言干脆安下心等了起来。

两个老乡争吵，是为了一头猪，说是一家的猪跑到了另一家的猪圈去了，怎么也不肯回去，后来硬拖回去了，却总觉得不是他家那头，咬定邻居偷梁换柱，又上门去闹，结果打起来，一个打破了头，一个撕破了衣裳。警察听了，问道：猪呢？那两人同时说，带来了，在院子里等着呢。警察就离了办公桌往外拱，大家自觉地让出一条道，除了那俩当事人，无关的人也一起出来围在院子里，那两头猪果然被牵在树旁。警察朝那两头猪瞄了一眼，笑了起来，说，嚯，真像呢，难怪分不出来了。那逃跑的猪的主人指着其中一头猪说，喏，这是我家的。说过之后，却又怀疑起来，挠了挠脑袋，说，咦，是不是呢？警察说，你自己都分不清，怎么说人家偷换了呢？那老乡上前抓住猪的一条腿，扯了起来，神气地说，看吧，我做了记号的。一看，果然猪腿上扎了一根红绳子，因为沾满了猪粪，黑不溜秋，不仔细看是看不出来的。警察说，这猪是你的？那老乡说，本来是我的，逃到他家去了，他又还给我了，但我看来看去，觉得不是它。警察问另一老乡，你说呢？那一老乡委屈地说，他说他做了记号的，记号明明在他家猪身上，他却又不承认。这一老乡说，谁晓得呢，猪在你家圈里待了两天，不定你把记号换过来了。警察说，你有证据吗？老乡说，我有证据就不来找你了。警察说，找我我也是要找证据的，证据就是这猪腿上的这根绳子，既然这根绳子在你家这猪腿上，这就是你的猪，你服不服？老乡偏着脑袋，说，我不服。警察说，那你的意思是什么呢？你觉得那猪是你的？老乡被问住了，走到那猪跟前，蹲下来，仔仔细细地看来看去。警察说，看够了没有，它是不是你的猪？老乡说，我吃不准，反正，反正，我心里不踏实。警察说，你是觉得你那猪变小了，变瘦了？老乡说，小多了，瘦多了。警察说，你是想要胖一点的那头猪？老乡说，那当然，我家的猪本来就比他的猪胖。警察说，那你觉得它们俩哪个胖一点？老乡又朝两头猪看了半天，也看不出来哪个更胖一点，说，我眼睛看花了。警察指了其中一头说，喏，这头胖一点。那老乡不依，说，我怎么觉得那头胖！警察说，弄杆秤来。刘言起先以为警察在挖苦他们，哪里想到真有人弄了秤来，是个带轮子的秤，轰隆轰隆地推过来，把猪绑了抬上去称，在猪的撕心裂肺杀猪般的叫喊声中，俩猪分量称出来了，它俩像商量好了似的，居然一般重。警察笑道，随你挑了。那老乡还是不依，说，分量虽是一样重，但肉头不一样，我家的猪吃得好，他家的猪吃的什么屁。给猪吃屁的那老乡见两头猪一般重，就想通了，不恼了，说，换就换吧。就把腿上带绳子那猪牵到自己手里。给猪做记号的这老乡换了一头猪之后，牵着猪走了几步，又觉不靠谱，说，这是我的猪吗？警察骂道，你就是个猪。老乡说，你警察怎么骂人呢？警察说，你连自己是什么你都搞不清，还来搞猪的身份。这老乡不作声了，朝着被别人牵走的那头猪看了又看，有点依依不舍，说，我们还是换回来吧。那老乡好说话些，说，换回就换回。两人重又交换了猪。警察又笑道，白忙了吧。

两个人和两头猪走了以后，下面轮到的是一桩不养老的事情，一个老娘，两个儿子，都不肯养老，老大老二各自有新房子，老母亲住在旧屋里，七老八十了，没有生活来源。警察说，老大出二百，老二出一百。结果两个儿子均不承认自己是老大。问那老母亲，哪个是老大，老母亲老眼昏花，支支吾吾竟然连哪个是大儿子都说不清。警察恼了，说，两个儿子，不分大小，一人二百。两个儿子不服，说，这事情不该你警察管，该法官管。警察说，那你们找法官去。两个儿子说，找法官也没用。警察说，知道没用就好，走吧走吧，一人二百。两个儿子又互相责怪起来，言语难听，不过没动手，最后还是领了警察的命令走了。那老母亲蹒跚着跟在后面，撵不上两个儿子，喊着，等等我，等等我。

轮到刘言的时候，警察已经很辛苦了，但仍然认真地听了刘言的话，说，你想要证明一下自己的年龄？又说，你身份证丢了吧？刘言说，身份证没丢。警察怀疑地看看他，说，身份证没丢？拿来我看看。刘言拿出身份证交给警察，警察一看，笑了起来，你要查出生年月日，这上面不就是你的出生年月日？刘言说，可是这次我回乡，老乡说我是属兔子的，又说是属大龙的。警察说，老乡的话你也听得？刚才你都见了吧，猪也分不清，老大老二也分不清，他们还想搞清你属什么？刘言说，不是他们想搞清，是我自己想搞清。警察说，笑话了，你自己的年龄你自己都不知道，那你自己是谁你知不知道呢？刘言同志，你可是有身份证的人，你可是有身份的人噢。刘言说，可有时候身份证上的信息并不可靠。警察说，身份证都不可靠，那什么可靠呢？刘言说，所以我想来了解一下，就是我小时候家里头一次给我上户口时到底是怎么写的，到底是哪一年哪一月哪一日。警察听了，沉默了一会儿，眼神渐渐地警觉起来了，说，你查自己的年龄干什么，想把年龄改小是吧？少来这一套，你这样的人我见多了，要提干升官了，把你娘屙你出来的时辰都敢改掉，不过你别想在我这儿得逞。刘言说，我不是要改小，也不是要改大，只是要弄清楚自己到底属什么，查清楚了，说不定是要改大呢。警察惊讶地说，改大？那你岂不傻了，改大了有什么好处？现在当官进步，年龄可是个宝，万万大不得，别说大一年两年，不巧起来，大一天两天都不行。刘言说，我不是要改，我只是想弄清楚了。警察听了，又想了一会儿，理解了刘言的心情，同情地说，倒也是的，一个人连自己的出生年月日都搞不准，那算什么呢？刘言赶紧道，是呀，警察同志，就麻烦你替我查一查吧。警察说，你知道我这派出所管多少人多少事，要是什么烂事都来找我，我不叫派出所，我叫垃圾站得了。警察虽然啰里啰唆，废话不少，但还是起了身朝里边走，嘴里嘀咕说，我去查，我去查，几十年前的存根，在哪里呢？

刘言感觉就不对，果然那警察刚一进去就出来了，脸色很尴尬，说，对不起，那些存根不在这里，我大概翻错了地方。刘言想，我几乎就料到你会这么说。话没出口，感觉有人在拉扯他的衣服，回头一看，女儿不知什么时候已经站到了他的身后，老婆也跟来了，站在一边，抿着个嘴笑。刘言被女儿拉着揪着，分了心，眼睛也花了。再看警察时，就觉得警察的脸很不真切，模模糊糊的，刘言顿时就泄了气，他是指望不上这个认真而又模糊的警察了，他也不想证明自己到底是属大龙小龙还是小兔子了，跟着女儿就往外走。那警察却不甘心，在背后喊道，哎，哎，你怎么走了？你等一等，我帮你查。刘言说，算了算了，我不查了。警察说，不查怎么行，一个人连自己的出生年月日都搞不清，那算什么？刘言说，我搞得清，身份证上就是我的出生年月日。警察说，身份证也有出错的时候。他见刘言执意要走，有些遗憾，最后还顽强地说，那你留一个联系电话吧，等我空闲一些，一定帮你查，查到了我会立刻打电话告诉你的。眼睛就直直地盯着刘言手里的手机，刘言只得留下了手机号码。

　　一家人往外走的时候，有一个老乡正在往里挤，边挤边大声叫喊，钱新根，钱新根，你不要老卵钱新根。那警察说，我老卵怎么啦？刘言才知道这警察叫钱新根。那老乡说，钱新根，你再老卵，我就把你捅出来。警察说，你捅呀，你有种现在就捅。那老乡见钱新根无畏，反而退缩了，口气软下来，大喊大叫变成了小声嘀咕，说，你以为我不敢？你以为我不敢？警察说，我正等着你呢。刘言三人走出了派出所的院子，后面的话，也就听不清了。

开车回去的路上，老婆和女儿对乡下人的这些可笑之事，又重新笑得个人仰马翻的。刘言心里不乐，想起单位里刚去世的老同志张箫 sheng（shen、seng、sen）的事情，说，你们也别这么嘲笑人家，有些事情，并不是城里人和乡下人的区别。老婆和女儿不知道他的遭遇，所以不理解他的心思，不同意他的说法，说，城里没见过这等事，下乡来才见到。

快到家的时候，刘言接到学校老师的电话，喊家长到学校去谈话。刘言问女儿在学校犯什么错了，女儿说，我犯什么错？我才不犯错，喊你们去是表扬我呢。刘言跟老婆商量谁去，老婆说，那老师年纪不大，倒像更年期了，说话戗人，我不去。

就只好刘言去了，老师告诉刘言，他女儿把学校填表的事情当儿戏，一式两份表格，父亲的职务级别居然不同，一份填的是科长，一份填的是处长。老师说，刘先生，你有提拔得这么快吗？在填第一张表格和第二张表格的时间里，你就由科长当上处长了？刘言目前既不是科长，也不是处长，是个副处长，熬那处长的位置也有段时间了，却没见个风吹草动，正郁闷呢，女儿倒替他把官升了。

刘言回家责问女儿捣什么蛋，女儿说，噢，我没捣蛋，一不留神随随便便就写错了。刘言批评说，你也太没心没肺了，表格怎么能随便瞎填呢？女儿不服，说，这有什么，填什么你不都是我爸？又说，你还说我呢，你自己又怎么样，从来不出差错吗，小兔子同志？刘言一生气，说，你怎么不把自己的生日填错呢？老婆在一边替女儿抱不平了，说，刘言你吃枪子了，女儿的生日怎么会错？她又不是你，她的出生证就在抽屉里，你要不要再看一看？刘言火气大，戗道，那也不一定，医院也有搞错的时候。老婆见刘言平白无故发脾气不讲理，性子也毛躁了，言语也戗人了，说，那医院还会犯更大的错呢，护士还会抱错孩子呢，你还可以怀疑她不是你亲生的，你要不要去做个亲子鉴定啊？刘言投了降，说，算了算了。

过了些日子，刘言的一个朋友过生日，办个生日派对，刘言去了，就问那朋友，你这生日，这年这月这日，最早是谁告诉你的？朋友愣了半天，说，咦，你这算什么问题，生日当然是从父母那里知道的啦，难道你不是？刘言说，我父母都不在了。朋友又愣了愣，捉摸不透刘言要干什么，说，怎么，父母不在了，生日就不是生日啦？刘言说，趁你父母健在，赶紧回去搞搞清楚，父母说的话，未必就是真相啊。朋友说，生你养你的人，怎会不知道真相啊？刘言说，最真实的东西也许正是最不真实的东西。朋友见他神五神六的，便不理他了，忙着去招呼其他人。一位来参加派对的客人听了他们的对话，又看了看刘言，说，刘言，你好像话里有话嘛。刘言说，你呢，你的生日你是怎么知道的？你父母告诉你的吗？这客人说，我家户口本上写着呢。刘言说，你那户口本是哪里来的呢？这客人翻了翻白眼，撇开脸去，不再和刘言搭话了。

大家喝酒庆生，刘言喝了点酒，指着过生日的朋友说，今天真是你的生日吗？朋友见刘言一而再再而三地对他的生日提出异议，便不满道，刘言，你什么意思？刘言又说，你能肯定你真是今天生出来的吗？你能肯定你这几十年日子是你自己的日子吗？你真的以为你就是你自己吗？你有没有想过，你辛辛苦苦努力的，可能根本就不是你的人生呢？大家都被刘言的话弄得怔住了，怔了半天，有一个人先回过神来了，一拍桌子大笑起来，指着那过生日的朋友说，啊哈哈哈，原来你是个私生子啊？朋友气得不行，手指着刘言，有话却说不出来，憋得嘴唇发紫发青。大家赶紧圆场，说，喝多了喝多了，刘言喝多了。也有人说，奇了奇了，从前他再喝三五个这么多，也不会醉。还有人说，废了废了，刘言废了。

其实刘言并没有喝多，他只是听到大家左一句生日快乐右一句生日快乐，句句不离生日，搞得跟真的一样，心里犯冲，就觉得"生日"那俩字很陌生，很虚无，他不能肯定到底是谁在过生日，也不能肯定这生日到底是谁的，便借着点酒意发挥了一下，让自己逃了出来，逃离了那个不真切的，模糊的，虚幻的"生日"。

刘言走出来的时候，手机响了，是一个陌生的号码，那个人说，刘先生你好，我就是那个警察呀。见刘言不回答，那警察又说，刘先生你忘记我了？我就是乡下那个叫钱新根的警察，其实我又不是那个叫钱新根的警察。刘言说，你帮我查到出生年月日了吗？警察说，我打电话给你，就是要跟你说一声对不起，我现在不当警察了，不过不是因为我干得不好，是因为我是个冒名顶替的。刘言说，原来警察也是假的。那警察说，也不能算是假的噢，钱新根是我的堂兄，他从部队转业回来，上级安排他当民警，开始他答应了，后来又不想干了，要出去混，可是放弃警察又太可惜，就让我去顶替了，我是他的堂弟，长得很像的。刘言说，你被发现了？那警察说，我不是被发现的。我堂兄在外面混不下去，又回来要当警察了，就把我赶走了，我下岗了。刘言说，荒唐。那警察说，不荒唐的，只可惜我没有来得及替你查到出生年月日，其实我已经快要接近真相了，我已经知道那些存根在哪里了。刘言说，那些存根就很可靠吗，也许当初就有人写错了呢？那警察说，所以呀，所以说很对不起你，我正在争取重新当警察，以后如果能够重新当上，我一定替你寻找证明，我一定查出你的真正的不出一点差错的出生年月日。刘言说，你不叫钱新根，你叫个什么呢？那警察说，我叫钱新海，跟我堂兄的名字就只差一个字。刘言听了，眼前就浮现出那警察的面貌来，心里有些苍凉，说，谢谢你，钱新海。说完，他就挂断了手机。

接头地点

马四季大学毕业，留在本地找了份工作，后来因为买不起婚房，女友成了别人的女友，跟着别人到别的城市去了，丢下马四季一个人孤零零地生活在一个远离家乡的城市，他逛过许多大街小巷，看到许多高楼大厦，看到一扇又一扇的窗户，但没有一扇是属于他的。

马四季抬头仰望着那些窗户，在自己心里反复念叨，房子，再见，窗户，再见。马四季决定不再去想房子，没有房子，他照样会活出个人样来。他又想，只要能活出个人样来，就自然会有房子。然后他又痛恨自己没出息，怎么想着想着又想到房子上了，不想房子还真不行？

马四季长着记性，坚决与想念房子的心思决绝，他最后终于给自己找到了一个可以暂时忘记房子、远离房子的机会。

这条消息登在报纸上，是一条较大的新闻消息，虽然不像售房广告那样花里胡哨，却用了大号的字体做标题，十分醒目，说的是市里的组织部门招聘大学生到落后地区当村官，除了有比较可观的固定工资，吃住全免外，干满三年，还可以返还大学学费，干得好的，有希望提拔到乡镇，当个编外干部，再努力走下去，也许还有机会进编，当正式的干部。

马四季根据报纸上提供的地址，找到了这个负责安排大学生去当村官的部门，这地方到底不一样，马四季一进办公室，接待他的一位干部就笑容可掬地迎了上来，对马四季客气得不行，又是泡茶，又是让座，那干部是个中年人，比马四季大多了，差不多可以当他的爹，却像个跟班似的围着马四季转来转去，好像怕伺候不好马四季，又像是怕马四季跑了似的。

马四季没有跑，他当场登记了表格，就回去等通知了。

通知来得真快，一个星期以后，马四季就和一群未来的大学生村官到党校短训班报到，培训一个星期。学习结束的时候，马四季已经被任命为村支部副书记了。

马四季大三的时候，辅导员问他要不要入党，他开始既没想入，也没想不入，觉得可入可不入。可辅导员说，你就入一个吧，三年了，我们班总共才发展了两个党员，太少了，受批评了，你帮帮忙，凑个数吧。马四季是个好说话的人，就答应了辅导员，先打报告，很快开支部会通过，然后校党委批准，一年预备期满的时候，正是马四季拿着自己的简历到处奔投的时候。他的简历写得并不简，把能够想到的优点都写上了，但仍然被人扔来扔去，不当一回事。

马四季几度碰壁后，有点急了，再交简历的时候，就多强调了一句，说，我是党员哪。收简历的人朝他看看，又看看表格，表情淡然，说，你这上面写着呢。完全没有对党员网开一面的意思。马四季泄气地想，早知这样，入什么党嘛。后来看看几个没入党的同学，也和他一样，像掐了头的苍蝇，在临时搭建起来的招聘会的大棚子里毫无方向地胡乱飞舞，个个撞得鼻青脸肿的。马四季就又把问题想回来了，既然入党和不入党都一样，入就入了，罢了。

不过现在马四季的心情可不一样了，他心怀感激地回想起辅导员。他毕业以后就没有跟辅导员联系过，总是想等事业爱情都踏实下来后再给辅导员报个信。现在总算是有个着落了，何况这里边还有辅导员动员他入党的一份功劳呢。他打了辅导员的手机，手机是通的，但没有人接，马四季想也许过一会儿电话会回过来，但始终没有电话回过来。

马四季原以为会有一个比较隆重的仪式，比如市委要开个欢送会啦，戴红花、敲锣、打鼓之类，结果却没有，只是在短训班结束那天，市委组织部一位部长来讲了一段话，话很简短，意思也简明扼要，说，大家都是准备到基层去锻炼，去吃苦，去为基层、为农民服务的，所以一切从简，务实，不搞形式，大家就一竿子到底，带上介绍信就走人。

部长知道大学生们有些疑惑，又解释说，大学生当村官要形成一种制度，成为一种长期行为，所以，现在的方针政策是成熟一批就下去一批，不等待，不搞特殊化，当上村官的大学生，要立马给自己换位，不要再把自己当成大学生，要把自己当成农民。

这就对了，如果你是一个农民，你要到农村去，谁会给你开欢送会哪。

这一批大学生，就这样简单地下乡去了。但是他们手里的介绍信，是开到县委组织部的，所以还不能真正做到一竿子到底。他们先到县委组织部报到，县委组织部收了市委的介绍信，再重新开出新的介绍信将他们介绍到不同的乡镇。

本来马四季这一个班，也有几十号人，虽不算很多，但聚在一起时，热热闹闹，也算有点规模。等到分了下去，到了县里，人就少多了，又再分到乡镇，就更稀拉了。马四季所到的这个乡，只有他一个人，他在县长途汽车站和另几位村官分头坐上开往乡下的长途车，挥手道别时，感觉到孤单了。

到了乡里，先找到组织委员，组织委员告诉马四季，他还不能马上下到村里，得等上一两天，因为书记出差了，要等书记回来跟他谈过话，才能到村里去报到。组织委员安排马四季先在乡政府招待所住下。见马四季面露焦急之色，组织委员跟他说，下到村里以后，有你忙的，忙前先偷闲安逸一两天也罢。

马四季住下后，还是有些不安，他不是来贪图安逸的，他是来干事业的，他还指望好好干，干出个前途来呢，所以他不能坐等，他只在乡政府招待所的床上坐了一屁股，就揣上钥匙出去了。

马四季要去的这个村子叫赖门头村，他在组织委员的办公室里已经留了个心，办公室的墙上有张本乡地图，他已经在那上面找到了赖门头村，在这个乡的西北角。马四季这会儿便朝着西北角去了，早一天进入村子，就能早一天熟悉工作，早一天熟悉工作，就能早一天有收获，早一天有收获就……反正，马四季没有等书记回来谈话，就先去寻找赖门头村了。

按照马四季对于地图的目测和判断，赖门头村离乡镇并不太远，可是他一路走下去，始终没有看到路边有赖门头村的标牌，问了几个路人，都说不知道赖门头村在哪里，而且说话的语气态度都很不好，说，赖门头村？什么赖门头村？不知道的。或者说，赖门头村？没有的。也或者说，赖门头村？没听说过。他们气冲冲地说过之后，扭头转屁股就走，毫不客气地抛下马四季站在那里落个老大的没趣。

马四季有些奇怪，他问询的这几个人，看上去明明就是本地的农民，听口音也能听出来，怎么就不知道这附近有个赖门头村呢？马四季再问人的时候，先留了个心，说，你是本地人吗？那人说是，马四季再说，那你肯定知道赖门头村就在附近吧？那人却恼了，说，你凭什么说我肯定知道赖门头村？我根本就不知道赖门头村。马四季又吃了一闷棍，心下更疑惑了，但同时他调整了自己的提问方式，再问另一个人的时候，他说，你们这里，是赖门头村的邻村吧？那人同样恼得唾沫星子直飞，说，你才是赖门头村的邻居呢。马四季按捺住性子，想了想，又换了一个问法，说，赖门头村快到了吧？那农民依然和其他农民一样生气和生硬，说，不知道。

马四季几乎无路可走了，横了横心，走到一个村口，拉住一个人就硬装斧头柄说，你们这里就是赖门头村吧？那人瞪他一眼，干脆骂起人来了。

话就越说越粗，人也越来越不礼仪了。马四季一路寻下来，收罗了一筐莫名其妙的气话，没得到任何有用的信息，甚至都没有一个人告诉他，赖门头村还远着呢，你再往前走吧。

马四季起先被这些人搞得一头雾水，两眼一抹黑，但后来他渐渐地发现了他们的一个共同之处，一个个都和赖门头村有着深仇大恨似的，一提到赖门头村，气就不打一处来，恨不得像毒蛇那样牙齿缝里都要喷出毒汁来，把个赖门头村给毒死了才好。

快傍晚了，马四季灰溜溜地回来了，口干舌燥的，想赶紧进房间喝口水，却见组织委员守在门口等他，说书记提前回来了，到处找他找不着。马四季也没敢说自己去找村子了，赶紧跟了组织委员到书记办公室，书记和他握了握手，说，来啦？马四季说，来了。书记的电话就响了，书记朝马四季做了个手势，就接电话，一接电话，电话那头声音很响，把书记的耳朵都震痛了，脸涨得通红，骂人说，你娘聋啦！

放下电话，书记朝马四季看看，似乎想起了什么，站起来，走到马四季身边，又跟他握了握手，说，谢谢！这回马四季还没来得及说什么，书记的电话又响了，书记接电话骂道，叫驴啊！这边的话还没说开，那桌上搁着的手机又响了，书记另一只手又去抓手机，嘴里仍然骂骂咧咧的。

组织委员朝马四季挤了挤眼，就往外走，马四季愣了片刻，也跟了出来，组织委员说，行了。马四季说，什么行了？组织委员说，算谈过话了，你可以下村子了。说着就把乡里开给赖门头村党支部的介绍信交给马四季，看马四季有点发愣，又说，当然，当然，不是说让你现在就走，天都黑了，你明天下去吧。或者，你不想马上就下去，你还想在乡里再住几天，先了解一下全乡的情况，也随你便。马四季只得说，没有人送我下去吗？组织委员笑了一下，说，你是去当支书的，又不是上幼儿园，你要送吗？马四季闹了个脸红，支支吾吾的。组织委员说，其实，道理上讲，我们也是应该送一送的，可以现在上面的指示精神是要让你们尽早适应农村工作，让你们尽早得到锻炼，希望你们自己去找村子，自己去介绍自己。组织委员说得在理，马四季心服口服，但仍然有些为难，最后只好把实话说了出来，说自己已经去找过赖门头村，可找了大半天，问了无数的人，就是没有人告诉他赖门头村在什么地方。组织委员听了，先是笑了笑，马上又检讨自己说，怪我怪我，怪我事先没和你说明白，你找赖门头村是找不到的，没有人会告诉你的，赖门头村从前叫作赖坟头村，后来有个上级领导来检查工作，恰好他也姓赖，听到这个村名，觉得很晦气，让改了，就改成赖门头村，可是村里的农民不承认，坚持认为自己是赖坟头村，别人说赖门头村，他们一概不搭理，还跟你生气。马四季说，奇怪了，赖坟头村，多难听，为什么偏要叫个坟？组织委员又笑了笑，没有回答。

第二天一早，组织委员用自行车带上马四季，骑上一段路，就到了赖门头村的村口，组织委员说，你去吧，这就是赖门头村，也就是赖坟头村。马四季以为他会再说一两句，比如好好干，比如下面就看你的啦之类，但组织委员没有说，只是朝他挥了挥手，骑上自行车就走了。

村子总算找到了，马四季昨天已经领教了农民的水平，这会儿学乖了一点，问人道，我找赖坟头村的党支部书记。那农民朝他的脸上看看，说，党支部书记？谁是党支部书记？马四季说，就是赖支书。那农民仍然朝他的脸看着，说，赖支书？不知道，没听说过。马四季说，你是赖坟头村的人吗？那农民说，我当然是啦，不光我是，我爹也是，我爷爷也是，我爷爷的爹，我爷爷的爷爷，我十八代祖宗都是。马四季说，那你怎么会不知道赖坟头村的村支书呢？那农民说，那我为什么非要知道村支书呢？马四季气得想转身就走，但他又不能走，因为这是他的工作岗位，这是他的工作。从昨天到今天，短短的时间，他已经得出一个体会，寻找，就是他的工作，他昨天的工作是寻找赖坟头村，今天的工作就是寻找赖支书。

　　那个一问三不知的农民拍拍屁股扬长而去了，马四季往前又碰见一个农民，说，我找赖支书。那人瞪他一眼说，见你个鬼，你找鬼啊？马四季说，怎么啦？那人说，赖支书已经死了。停顿一下，又说，好像是死了吧？又停顿一下，好像为了确定自己的记忆，想了想，又肯定地说，是死了，肯定死了。此时的马四季倒已经处变不惊了，说，赖支书什么时候死的？那人又想了想，说，这倒说不准了。看到路上又走来一个人，拉住那人道，喂，老三，这个人找赖支书，问赖支书什么时候死的。那老三说，呸你个乌鸦嘴，你咒支书死啊？那个说支书死了的人，笑了起来，说，啊，没死啊？那就是他爹死了，反正他家肯定是死了人。那老三说，呸你的，谁家不死人哪？马四季觉得这个老三还靠谱些，赶紧问老三赖支书在哪里。老三说，你找村支书在路上怎么找得到？你得到支部去找，支部就在村部，村部就是支部，你懂了吗？马四季说，我懂了。老三就给他指了指路，说，喏，往那边，那一排平房，就是村部。

　　马四季这才第一次有了方向感，沿着老三指的路，走到了平房前，有人在，马四季问赖支书在哪里，那人也不说话，只是拿眼睛朝一间屋子瞄了瞄。马四季赶紧进那屋，果然看到有一个人，两条腿高高地搁在办公桌上，还交叉着，身子斜靠在椅背上，一摇一晃的，将椅子折磨得吱吱呀呀地叫唤，马四季看了直心惊，怕那椅子给他摇断了，这"啪"一跤摔下去不会轻啊。

不过此时此刻马四季也管不得他是否会摇断了椅子摔下来，他着急着确认他就是赖支书，赶紧上前说，您是赖支书吧？这人这才停止了摇椅，上上下下将马四季打量了一番，说，你哪儿的？什么事？马四季赶紧掏乡里给的介绍信，那人见他掏了纸出来，脸色就有点变，手往后一缩，不接，说，不用给我，我不认得字。马四季本来觉得自己已经处变不惊了，但这一来，他又着了惊，一个村支书，连字都不认得，这是个什么支书，这是个什么村子呀。没容得马四季细想，那摇椅子的人先问说，你那纸上写的什么？马四季说，这是乡里开的介绍信，介绍我到赖坟头村来。那人说，来干什么？收什么费？马四季说，这上面都写了，我是大学生村官，来当村支部副书记。那人一听，再没二话，飞快从椅子上跳起来，拔腿往外，一转眼就逃走了。

马四季一屁股坐在那张椅子上，椅子早被坐得滚热，马四季屁股上热乎乎，心里却是冰凉的。来当村官之前，他也是做了足够的思想准备的，是准备了来克服农村的困难的，他也曾想象了农村的种种困难，但就偏偏没有想到他首先碰到的困难竟是这样的困难，找不到村子，找不到支书。

马四季有一种恍恍惚惚不真实的感觉，他试着想把真实找回来，他要证明他不是在做梦，正在他想要证明的时候，证明来了，他的手机响了，他醒了过来，一看显示，是一个陌生的手机号码，马四季了无精神地接了，正要问哪位，那边已经抢先说，是马支书吗？马四季乍一听，还以为打错了呢，幸好他反应蛮快，随即便回过神来了，马支书不正是自己吗？但知道他是马支书的，又能有几个人呢？肯定不是从前的旧友，马四季灵感突现，激情奔涌，说，你是赖支书吧？

果然那边就承认是赖支书了，马四季猜测是村部那个假支书给真支书报了信，赶紧说，赖支书，你终于出现啦。不料赖支书却说，别急别急，我还没有出现呢。马四季说，你在哪儿呢？我到你们村来工作，你总得跟我接个头啊。赖支书说，怎么是我们村呢，不也是你的村吗？既然都是一个村的，低头不见抬头见，接什么头嘛。又说，马支书，你既然来了，又当了副支书，正好明天有个工作，你干了吧。马四季问是什么，赖支书说，是个接待工作，明天县文化局有一个科长和一个科员下来检查群众文化工作，乡宣传委员会陪他们来，你带他们到村里转一下，中午在村部安排个饭，陪着吃了，送他们走。马四季听了，有点发愣，说，就这些？赖支书说，就这些。又说，怎么，你觉得不够？马四季说，不是不够，只是我不知道该跟他们说什么。赖支书说,不用你说,宣传委员会帮我们说。你只管陪着,会喝酒的话,吃饭的时候敬他们两下,再代我敬他们两下,就这些。马四季说,然后呢?赖支书说,然后我会再跟你联系的。马四季说,组织介绍信还在我身上呢,我什么时候跟你接头?赖支书说,不着急不着急。就挂了手机。

刚断了电话,那假支书就出现了,若无其事地朝马四季点点头,就去替马四季收拾了一间屋,说,马支书,将就着住吧,反正你也住不长。马四季想,我倒是打算干满三年的。话到嘴边没说出来,却问了另一句,说,你为什么要冒充支书?假支书说,我没有冒充。马四季,我问是不是赖支书的时候,你没有否认。假支书说,我以为你是上面下来的干部呢。马四季说,你凭什么认为我是上面下来的干部?假支书说,你管我们村叫赖门头村,凡是管我们村叫赖门头的,都是上面的干部。马四季想了想,自打组织委员说明情况以后,他就再没说过赖门头,便赶紧指正说,不对,我今天一路来,都是说的赖坟头,根本就没有说赖门头。假支书说,但是你昨天说了。马四季说,原来,我昨天已经来过这里啦?是不是我昨天已经跟你问过啦?你明明知道我是来找你们村的,就不告诉我,害得我白走了一下午,莫名其妙。假支书也不解释,只是讪笑道,嘿嘿,嘿嘿,农民嘛,农民嘛。马四季还不信了,说,农民怎么啦，农民不也得讲个理？你可以不承认赖门头，但是你们不能影响别人工作呀。假支书说，嘿，农民又没有觉悟的，只认自己心里那个死理，管你工作不工作，天塌下来，也是他自己的理最大。马四季气道，没见过。假支书说，当然，你是城里人，你是没见过。

马四季按着赖支书的吩咐，第二天完成了工作，送走了客人，就打赖支书的手机，赖支书接了，马四季汇报说，赖支书，工作完成了，我给你汇报一下。赖支书说，完成了就好，不用给我汇报。便挂了手机。马四季闷了一会儿，想着这个赖支书到底在哪里，听他的口气，不像是在外地出差，但如果他是在村里，为什么要躲着呢？想来想去也想不明白，就不想了。

隔了一天，赖支书的电话又来了，让他到村小学去看一看，说老师和学生家长在打架，叫他去劝劝架。马四季到了村小学，果然不假，几个学生家长和老师正在拉拉扯扯，见有人来劝架，不买他的账，双方还都指责他，马四季说，没见过，老师和家长打架，这算什么名堂？双方仍然没把他放在眼里，就当他在放屁。马四季急了，大声道，住手，我是马支书。这话一说，老师和家长立刻双双停下，呆呆地看着马四季，像是在等他发落。马四季也没什么好发落的，挥了挥手，说，散吧，散吧。老师和家长果然一个屁也没放，就散了。

从村小学出来，马四季又给赖支书打电话，赖支书说，我跟你说过了，事情办好了就行，不用汇报。马四季说，赖支书你到底在哪里？我都下来好些天了，组织关系还没转，介绍信我得当面交给你呀，现在还在我口袋里揣着呢，你好歹安排接个头呀。赖支书说，接什么头嘛，又不是地下党。马四季说，人家地下党还接个头呢，你怎么连头也不接，面也不露，怕我是敌人派来的？赖支书说，敌人派你来干什么呢？马四季气道，是呀，敌人派我到这鬼地方来干什么！赖支书说，马支书，我们这地方，不出别个，就出个鬼。笑了笑，又说，马支书，我忙着呢，不开玩笑了，组织关系介绍信什么的，你尽管揣你口袋里，怕什么，还怕我不相信你？

马四季哭笑不得，只得揣着组织关系，听从赖支书的遥控指挥当起了村官。过了几天，赖支书又通过手机指挥马四季代表他到乡里参加会议。马四季到得乡上，见到组织委员，一肚子的委屈就涌出来了，不过还没等他开口向组织委员倾诉，组织委员就已经笑眯眯地上前来和他握手，还拍了拍他的肩，说，马支书，干得不错啊。马四季说，怎么不错啊？到现在我连村支书的头还没接上呢。组织委员笑道，只要工作干得好就好。马四季拍了拍自己随身带着的包包，说，都这么长时间了，你给我的介绍信还在我口袋里呢。组织委员还是个笑，说，你是来干工作的，还是来接头的？虽是个笑，却笑得马四季哑口无言了。

会议很重要，乡党委书记在会上很生气地说，有个别村子，不顾上级的要求，也不把法律放在眼里，私占私用耕地，把国家的土地当成自己村的，自说自话派作他用，到底是谁在搞，搞什么名堂，今天给你留点面子，大会不点名，散会后自己主动留下来坦白，其他村子凡有看坏样学坏样的，回去立刻自查上报。一小时的会，尽是书记在骂人，骂得马四季灰头土脸，好像私用集体耕地的就是他。再四顾看看其他来开会的村干部，却个个若无其事，只把书记的话当耳边风。

马四季一出会场就打电话给赖支书，赖支书硬是不接电话，马四季心里明白，一切都由赖支书掌握着，赖支书要找他，一找一个准，他要找赖支书，却要看赖支书高兴不高兴。马四季越想越气闷，回了村，也没到村部，直接找到赖支书家去了。

赖支书的老婆说，马支书，你还来这儿找他呢，我都忘记他长什么样子了。马四季说，他连家也不回？他到底在哪里？那老婆说，你问我，我还想问你呢，他和你还打个电话通个气呢，他和我什么也不通。马四季说，有他这样当支书的吗，他到底在干什么？乡里要查私占耕地，他躲起来了是吧？赖坟头村私用耕地了吧？那老婆一听，脸色大变说，马支书，你是马支书，说话要负责任的啊。

马四季看到赖支书老婆的脸色，忽然就有了个预感，赖支书的电话就要来了。果然，刚刚走出赖支书家，电话就打过来了，说，马支书，有话好好说。马四季说，我倒是想和你好好说，可你不和我好好说，你连个头也不接，面也不露，我怎么跟你说？赖支书说，好好好，你要接头就接头。马四季说，在什么地方？赖支书说，在赖坟头。马四季说，赖坟头到底是个村子，还是个坟头？赖支书说，一样的，一样的，你到了就知道了。

这边假支书已经得了真支书的指示，前来迎接马四季，说，马支书，我带你去赖坟头吧。就领着马四季往前走，走了很长的路，停下来，手朝前面一指，说，马支书，就是那边，那地方就是赖坟头，你过去吧。说罢也不停留，转身走了。

马四季朝前看看，发现前边很大的一圈，几乎望不到边，都有高高的围墙围着，马四季只是觉得奇怪，农村的人家平时大门院门都不关，真正是夜不闭户，路不拾遗，他还感慨这里民风纯好呢，可这个地方干吗要围得严严实实呢？慢慢地走到近处，就有个人闪了出来，伸手挡了他一下，说，是马支书吗？马四季说，是。那只手才放下来，让开一条路，让马四季朝着围墙的开口处过去。马四季想，这阵势，还真有点像地下党接头呢。

马四季到得跟前，朝里边探头一望，猛一惊吓，眼睛都吓模糊了，揉揉眼睛再细看，怎么不是，白花花的一大片，尽是墓碑。马四季两腿打软，才知道自己竟然真的到了一个大坟头。

赖支书就坐在其中的一个坟堆上，他让马四季也坐下，马四季不敢坐，赖支书说，没事，这里边还没住人呢。马四季还是不敢坐，赖支书就由他站着了，仰着头对马四季说，马支书，赖坟头村从古至今，不出别个，就出个坟，所以叫个赖坟头村。马四季说，奇了，只听说过哪里哪里出土特产，或者哪里哪里出名人，没听说过出坟头的。赖支书说，马支书，你看看我们赖坟头这地上，种什么不长什么。人家有水塘子的，养个鱼养个虾，算个特色。有山坡的，植个树造个林，也算有特色。我们赖坟头这地上，野猫都不拉屎，哪来的特色特产！赖支书抬手朝北边指了指，又说，那后头有个村子，姓姜的人家多，就说自己是姜太公的后代，四处去吹牛，搞得大家都到姜太公的家乡来钓鱼，就搞出个特色旅游来了。我也不笨哪，受了启发，就往历史上想，往从前想，想起小时候听村里老人说，我们的赖坟头里，埋的是赖太公。马四季从没听说过赖太公，问道，赖太公是谁？赖支书有点恼，也有点瞧不上他，斜他一眼说，你还大学生呢，竟连赖太公你都不知道。马四季也有点恼了，说，赖太公比姜太公还有名吗？赖支书说，姜太公只会钓鱼，我们赖太公会看风水，他是看风水的老祖宗，现在你知道了吧，为什么我们赖坟头村风水好？就是赖太公当年看出来的。看出来以后，他就把自己埋在这里了。马四季反唇相讥道，风水好你赖坟头村还这么穷？赖支书说，六十年风水轮流转，我们靠赖太公的福，马上就要富起来了。马四季觉得这赖坟头村和这赖支书很荒唐，便跟他顶真道，你们考证过？赖支书说，考什么证呀？这还用得着考证吗？这村名就是个证，要不怎叫个赖坟头呢？马四季说，难怪你们不肯改名，不肯叫门，偏要叫个坟。赖支书说，那是，我们就是靠个坟吃饭，给改成了门，人家就不来了，所以还是得叫个坟。马四季说，我做梦也没想到，来当个村官，接头地点居然在坟地里。赖支书说，坟地不好吗？现在大家都抢坟，地价比城里的别墅涨得还快噢。说得得意忘形了，便从口袋里掏出厚厚的一摞纸，朝马四季晃了晃，说，我地还没整好呢，订单就下来这么多了。马四季说，原来党委书记在会上骂的就是你啊，你还围着围墙哄鬼呢，上面一定早就知道了。赖支书却不承认，也不慌，说，知道个鬼，知道了他为什么不点名？马四季说，难道上面允许你私占耕地做坟头？赖支书"嘘"了一声，说，要是他允许，我干吗还要偷偷摸摸？马四季着急说，那你岂不是违反政策，犯错误？赖支书却不着急，慢悠悠道，马支书，你倒是给我说说，现在哪个不在违反政策？把个马四季问住了，愣在那儿翻眼皮，赖支书又说，他们卖地，一卖就是一块地王，一卖又是一块地王，卖的钱都到哪里去了？都揣谁口袋里了？马四季知道他说的是谁的口袋，他也很恼恨那口袋，但他现在毕竟是有思想觉悟的马支书，所以还是嘴不应心地说，人家那是卖地建房的。赖支书说，是呀，他能卖地建房，我为什么就不能？他建给活人住，我建给死人住，活人是人，死人也是人，死人也要住房子嘛，何况现在，活人都争着讨好死人，就怕得罪了死人，都要大的坟地，要豪华的房子，马支书，你慢慢地就看出来了，我这一招，比他姜家村更灵啊，远远近近的人死了，自家地里不愿意埋，都愿意埋到我这里来。马四季还是不放心，问赖支书，你胆子好大，先收人家的定金，万一这地要规划怎么办？赖支书说，所以我紧赶着做，早点把村里的地都变成坟地，变了坟地，就不会规划了。马四季说，为什么？赖支书笑道，做了坟地的地，谁还会要，要了去干什么？造房子卖给活人住？谁敢住？这叫什么？这叫先下手为强。马四季说，上面知道了，会来拆除的，城里建好的高楼，哪怕几十层高，如果是违章建筑，照样拆。赖支书又笑，高楼可以拆，坟地他却不敢掘。

马四季后来上网查了查，几百年前，是有个姓赖的风水先生，但他不是本地人氏，他的家乡与这里相差了十万八千里，八竿子都打不着的。不过他没有去揭穿赖支书。

倒是赖支书蛮关心他，问他要不要买几块坟地墓穴，内部价再打折，还替他算了算账，说，马支书，你至少要买四块，你父母，你和你老婆。马四季气道，我还没结婚呢。赖支书说，早晚要结婚的嘛。马四季更气道，活人住的房子还没着落呢。赖支书说，就是因为活着买不起大房子，所以干脆在这里买个大的，活着委屈自己，死了住豪华套间，不再亏待自己。

马四季没有买村里的坟地，他现在要攥紧手里的每一分钱，以后回去要买房子的。一想到城里的房价节节高升，马四季就气不打一处来，又恨自己不争气，人都在乡下了，还念想着城里的房子。

赖坟头村的村民靠卖坟地家家造起了新房，喜气洋洋。赖支书的预见没有错，果然没人敢来征他们的坟地造大楼，但是马四季的预见也没有错，一纸规划最后还是来了，一条高速铁路要经过赖坟头村，而且不偏不倚就从坟头上穿过去。赖坟头村的村民没吃亏，都到镇上当居民住高楼去了。只可惜那么多墓穴都给扒平，把穴主们给气坏了，说，这么好的风水之地，不让我们葬人，却要让火车走，没道理啊。

不过那时候，马四季已经干满三年走了。

多年以后，马四季坐高铁上北京，他想起了当年在赖坟头村的接头地点，心有所动，一路上留意着时间，提醒自己不要错过，火车经过那块地方时，他一定要好好看一看。可是列车风驰电掣，如飞一般，马四季虽然掐算好了时间，但到了那一瞬间，只觉眼前一花，赖坟头就过去了，他什么也没看见。

你要开车去哪里

结婚的时候，子和和太太除了互相戴上结婚戒指，子和的太太还送给子和一块玉佩，是一个观音像。太太说，男戴观音女戴佛，你就挂在身上吧，它会保佑你的。

子和收下了太太的玉佩，但他没有挂。他身上原先也一直有一块玉佩的。那是一块天然翡翠，色泽浓艳纯正，雕成一个栩栩如生的蝉，由一根红绳子系着挂在胸前。他结了婚，也仍然挂着原来的那一块。太太有点不乐，也有点怀疑，问这是什么。子和说这是奶奶留给他的，他不想摘下来。

子和这么说了，太太嘴上虽然不好再说什么，但心里的怀疑仍然在。女人的敏感有时候真的很神奇，就像子和的太太，她怀疑子和挂着的玉蝉是一个女人送的，事实还真是如此。

子和挂着的这个翡翠玉蝉，确实就是子和的前女友出国时留给他的，她没说这算不算信物，但她告诉子和，这是奶奶留给她的，而且，据她的奶奶说，又是奶奶上辈的人传到奶奶手里的，至于在奶奶之上的这个上辈，会不会又是从再上辈那里得到的，那就搞不太清了。但至少这个玉蝉的年代是比较久远了，所以，别说它是一块昂贵的翡翠，即使它没有多高贵的品质，是一块普通的玉，光靠时间的磨砺，也足够让人敬重的了。

蝉和缠是一样的读音，是不是意味着他们的感情缠绵不断？女友还特意找了一根永不褪色的红绳子，也可能是象征着她的爱心永远不变。

女友就走了。

一开始子和并没有把玉佩挂在身上，子和不相信什么信物，但他相信感情。女友出去以后，因为学习和工作的繁忙紧张，不像在国内那样缠绵了，子和常常很长时间得不到她的信息。子和的亲友都觉得子和傻，一块玉佩能证明什么呢？女孩子如果变了心，别说一块玉佩，就是一座金山，也是追不回来的。尤其是子和的母亲，眼看着儿子的年龄一天一天大起来，担心儿子因此耽误了终身大事，老是有事没事说几句怪话，为的是让子和从心里把那个远在大洋彼岸的女孩忘掉。可是子和忘不掉。他一直在等她。

子和最终也没有等到她。她没有变心，她出车祸死了。死之前，她刚刚给子和发了一封信，告诉子和，她快要回来了。

从此之后，子和就一直把这个玉蝉挂在身上了。许多年来，玉不离身，连洗澡睡觉都不摘下来。后来子和的太太也知道了这个事实，虽然那个女人已经不在了，但她心里总还是有点疙疙瘩瘩的，子和一直挂着玉蝉，说明他心里还牵挂着前女友。太太或者转弯抹角地试探，或者旁敲侧击地琢磨，后来干脆直截了当地询问，但子和都没有正面回答。

子和把前女友深深地埋在心底深处，谁也看不到她。

不知从什么时候开始，渐渐地，玩玉赏玉成了时尚，越来越多的人对玉有兴趣，越来越多的人身上挂着藏着揣着玉。经常在公众场合，或者吃饭的时候，或者一起出差的时候，甚至开会开到一半，大家的话题就扯谈到玉上去了。谈着谈着，就开始有人往外掏玉，有的是从随身带着的包包里拿出来，有的是从领口里掏出来，也有的是从腰眼那里拽出来，还有的人，他是连玉和赏玉的工具一起掏出来的。然后大家互相欣赏，互相评判，互相吹捧，又互相攻击。再就是各人讲自己的玉的故事，有些故事很感人，也有的故事很离奇。

每每在这样的时候，子和总是默默地听着他们说，他从来都是一声不吭的。也有的时候，大家都讲完了，只剩下他了，他们就逼问他，有没有玉，玩不玩玉，子和摇头，别人立刻就对他失去了兴趣。

其实子和挂这块玉的时间，比他们玩玉赏玉要早得多，只是子和觉得，他身上挂的，并不是一块玉，而是一个寄托，是一种精神，但那是他一个人的寄托，一个人的精神，跟别人没有关系，不需要拿出来让大家共享。

后来有一次，正是春夏之际，天气渐渐暖了，大家一起吃饭，越吃越热，子和脱去外衣，内衣的领子比较低，就露出了那根红绳子。开始没人注意，但过了一会儿，却被旁边一个细心的女孩看见了，手一指就嚷了起来，子和，你这是什么？子和想掩饰已经来不及了，便用手遮挡一下，但又有另一个泼辣的女孩手脚麻利上前就扒开他的衣领拉了出来，哇，一个翡翠玉蝉哇！硬是从子和的颈子上摘了下来，举着给大家看。

同事们都起哄起来，有的生气，有的撇嘴，说，这么长时间，怎么问你你都不说，什么意思呢？觉得子和心机太深、太重，甚至有人说子和这样的人太阴险，太可怕，不可交。子和也不解释，也不生气，眼睛一直追随着玉蝉。大家批评他，他刀枪不入，结果也拿他没办法，就干脆丢开他这个人，去欣赏和鉴定他的玉蝉了。

这一场欣赏和鉴定，引起了很大的争论，有的说价值连城，有的认为一般般。最后又问子和，要他自己说，子和说，我也不知道，我不懂玉，我不知道。大家又生他的气，说，不懂玉，还把玉蝉牢牢地挂在颈子里。另一人说，还舍不得拿出来给我们看。再一个人说，是不是觉得我们这批人特俗，没有资格看你的玉蝉？还是发现玉蝉的那个女孩心眼好一点，她朝大家翻翻白眼，说，谁没有自己的隐私？子和不愿意说，就可以不说，你们干吗这种态度？女孩是金口玉言，她一说话，别人就不吭声，不再指责子和了。

他们后来把玉蝉还给了子和，都觉得他这个人没劲，没趣，还扫兴。子和也不理会大家的不满。

过了几天，子和的同事里有个好事者，遇见子和的太太，跟她说，没想到子和竟然有那么好的一块玉，那可不是一般的好。子和的太太是早就知道这块玉的，但她并不懂玉，以为就是一块一般的玉佩，没当回事。现在听子和的同事这么说了，心思活动起来了，她也知道现在外面玉的身价陡长。太太回家问子和，到底是块什么玉。子和和回答同事一样回答她，说他不懂玉，所以不知道。太太就说，既然你不知道，我们去请专家鉴定一下，不就知道了？子和不同意。太太知道他心里藏着东西，就说，又不是让你不挂了，只是暂时取下来请人家看一看，你再挂就是了。子和仍然不肯。太太就有点生气了，说，你到底为什么不肯去鉴定？子和说，那你到底为什么一定要去鉴定？太太说，你如果怕摘掉了不能保佑你，你暂时把我的那个玉观音戴上，观音总比一只小知了会保佑人吧！子和说，我挂它，不是为了让它保佑我。太太深知子和的脾气，再说下去，就是新的一场冷战开始了。太太是个直性子急性子，不喜欢冷战，就随他去了，说，挂吧挂吧。

其实太太并没有死心，以她的个性，既然已经知道玉蝉昂贵，但又不知道到底值多少钱，心里痒痒，是熬不过去的。她耐心地等候机会，后来终于给她等到一个机会，那天子和喝醉酒了。

子和平时一直是个比较理智的人，很少失控多喝酒，可这一次同学聚会却是酩酊大醉，回来倒头就睡。太太也无暇分析子和为什么会在同学聚会时喝醉酒，急急地从子和颈子上摘了玉蝉就去找人了。

结果果然证明，子和的这块翡翠玉佩，非同一般，朝代久远，质地高尚，雕工精致，是从古至今的玉器中少见的上上品。

　　太太回来的时候，子和还没有醒呢，太太悄悄地替他把玉蝉挂回去，然后压抑住狂喜的心情，一直等到第二天，子和的酒彻底醒了，她才把专家对玉蝉的估价告诉了他。

　　子和起先只是默默地听，并没有什么反应，任凭太太绘声绘色地说着，专家看到玉蝉时怎么眼睛发亮，几个人怎么争先恐后地抢着看，等等等等，太太说得眉飞色舞、情不自禁，可子和不仅没有受到太太的情绪感染，反而觉得心情越来越郁闷，玉蝉又硬又凉，硌得他胸口隐隐作痛，好像那石头要把他的皮肤磨破了。子和忍不住用手去摸一摸，他甚至怀疑是不是被太太偷梁换柱了，这么多年他一直把玉蝉挂在心口，从来没有不适的感觉，玉蝉是圆润的，它已经和他融为一体了，只有浑然和温暖之感。

　　太太并没有偷换他的玉蝉，可玉蝉却已经不再是那块玉蝉了，这块玉蝉在子和的胸口作祟，搞得他坐卧不宁，尤其到了晚上，戴着它根本就不能入睡，即使睡了也是噩梦不断，子和只得摘下来。

　　从此以后，每天晚上子和都得把玉蝉摘下来，才能睡去。

　　就这么每天戴了摘，摘了戴，终于有一天，子和在外地出差，晚上睡觉前把玉蝉摘下来，搁在宾馆的床头柜上。可是第二天早晨，子和却没有再戴上。就把玉蝉丢失在遥远的他乡了。

后来子和怎么回忆也回忆不起来，那一天早晨，是因为走得急，忘记和忽视了玉蝉，还是因为早晨起来的时候，玉蝉已经不在床头柜上了，子和努力回想那个早晨的情形，但他的大脑里一片空白，没有玉蝉，什么也没有，甚至连那个小宾馆的房间他也记不清了，那个搁过玉蝉的床头柜好像也从来没有出现过。

子和回来以后，一直为玉蝉沉闷着，连话也不肯说。子和的太太更是生气，她责怪子和太粗心，这么昂贵的东西怎么能随便乱放呢？她甚至怀疑子和是有意丢掉的。子和听太太这么说，回头朝她认真地看了看，过了一会儿，他说，有意丢掉？为什么有意丢掉？太太没有回答他，只是朝着空中翻了个白眼。

子和不甘心玉蝉就这么丢失了，他想方设法地找借了机会，重新来到他丢失玉蝉的这个地方。这是一个偏远的小县城，县城街上的路面还是石子路面，子和走在石子街上，对面有个女孩子穿着高跟鞋"咯嗒、咯嗒"地走过他的身边，然后，渐渐地，"咯嗒、咯嗒"的声音远去了，子和的思绪也一下飞得很远很远，远到哪里，子和似乎是知道的，又似乎不知道。

　　子和平时经常出差，所以不可能每到一处都把当时的住宿情况记得清清楚楚，他也没有记日记的习惯，出过一次差，不多日以后就把这次行动忘记了。当然子和出差一般不会是一个人行动，多半有同事和他做伴，丢失玉蝉的这一次也不例外。子和为了回到那个县城去寻找玉蝉，他和同事核对了一下当时的情况，确认他们住的是哪家宾馆，是宾馆的哪间房间。

　　但是就像在回忆中一样，他走进宾馆的时候，大脑仍是一片空白，他记忆中没有这个地方，没有这个不大的大厅，没有那个不大的总台，也没有从大厅直接上楼去的楼梯，总之宾馆的一切对他来说都是陌生的，都是第一次见到。

　　子和犹犹豫豫地到总台去开房间，他要求住他曾经住过的那一间，总台的服务员似乎有点疑惑，多看了他一眼，但并没有多问什么话，就按他的要求给他开了那一间。

　　子和来到他曾经住的房间，也就是丢失玉蝉的地方，拿钥匙开门的时候，他的心脏有点异样的感觉，好像被提了起来，提到了嗓子眼上，似乎房间里有什么意料之中或意料之外的东西等待着他。子和深深地吸了一口气，镇定了一下，打开了房门。

　　子和没有进门，站在门口朝屋里张望了一下，这一张望，便使子和那颗悬吊起来的心，一下子落了下去，从嗓子眼上落到了肚子里，闷闷地堵在那里了。

房间和宾馆的大厅一样，对他来说，是那么的陌生，他觉得自己根本就没有住过这间房间，里边的一切，他从来都没有见过。床头边确实有一张床头柜，但每个宾馆的房间里都会有床头柜，子和完全无法确定，这是不是他搁放玉蝉的那个床头柜。

子和努力从脑海里搜索哪怕一星半点的熟悉的记忆，可是没有，怎么也搜索不到。渐渐地，子和对自己、对同事都产生了怀疑，也许是他和他的同事都记错了地点。

子和在房间里愣了片刻，又转身下楼回到总台，他请总台的服务员查了一下登记簿，出乎子和的意料，登记簿上，清清楚楚地写着子和和他的同事的名字、入住的日期以及他们住的房间，一切都是千真万确，一点都没有差错。

子和又觉得是他的记忆出了问题，但现在来不及管记忆的问题了，首先的，也是唯一的办法，就是先强迫自己承认这里就是他住过的宾馆、房间，这里就是他丢失玉蝉的地方。

强迫自己接受了这个前提，子和就指了指总台服务员手里的登记簿说，你这上面登记的这个人，就是我，另外一个，是我的同事。服务员说，是呀，我知道就是你。子和奇怪地说，你怎么知道是我？你记得我来过吗？服务员说，先生你开什么玩笑，我怎么会记得你来过？宾馆每天要来许多客人，我们不可能都记得。她见子和又要问话，赶紧也指了指登记簿，说，这没有什么好奇怪的，这上面的名字是一样的嘛，还有，你登记的身份证号码也是一样的嘛。子和说，那就对了，是我——上次我们来出差，我有一块玉丢失在你们宾馆，丢失在我们住的那个房间了，我回去以后曾经打电话来问过，可你们说没有人捡到。服务员一听他这话，立刻显得有点紧张，说，什么玉？我不知道的。子和说，我这一次是特意来的，想再找一找，再了解一下当时的情况，看看有没有可能发现一点线索。服务员避开了子和的盯视，嘀嘀咕咕，我不知道的，你不要问我，我什么也不知道的。

他们只说了几句话，宾馆经理就过来了，听说子和在这里丢了玉蝉，宾馆经理的眼睛里立刻露出了警觉，他虽然是经理，口气却和服务员差不多，一迭声说，什么玉蝉？什么玉蝉？你什么意思？你什么意思？子和说，我没有什么意思，如果有人捡到了我的玉蝉，拾物应该归还，如果他想要一点谢酬，我会给他的。经理说，玉蝉，你说的玉蝉是个什么东西？子和说，就是一块玉雕成的一只蝉的形状。子和见经理不明白，又做了个手势，告诉宾馆经理玉蝉有多大。宾馆经理似乎松了一口气，说，噢，这么个东西啊，我还以为是什么宝贝呢。子和想说，它确实是个宝贝，但他最后还是没说出来。

宾馆经理虽然对子和抱有警觉心，但他是个热心人，等他感觉出子和不是来敲诈勒索的时候，就热情地指点子和，他说，如果有人捡到了，或者偷走了，肯定会出手的。子和不知道他说的出手，是出到什么地方。宾馆经理说，这个小地方，还能有什么地方？县城里总共就那几家古董店，他忽然神秘兮兮地压低了声音，但语气却是加重了，似乎是在做一个特别的申明，说，古董店，是假古董店。

在县城的小街上，子和果然看到一字排开有三家一样小的古董店，子和走进其中的一家，问有没有玉蝉，古董店老板笑了笑，转身从背后的柜子里抽出一个小木盒，打开盖子，"哗啦"一下，竟然倒出一堆小玉佩，子和凑上前一看，这个盒子里装的，竟然全都是玉蝉，只是玉的品质和雕刻的形状各不一样。

虽然玉蝉很多，但子和一眼就看清了，里边没有他的玉蝉。子和说，老板，有没有天然翡翠的？是一件老货。店老板抬眼看了看子和，说，传世翡翠？你笑话我吧，我这个店的全部身家加起来，值那样一块吗？

子和不甘心，他怕自己分神、粗心，又重新仔仔细细地把那一堆各式各样的玉蝉，看了又看，摸了又摸。

店老板说，其实你不用这么仔细看的，不会有你说的那一块，要是有你说的那一块，我能开这样的价吗？你别以为我开个假古董店，我就是绝对的外行，我只是没有经济实力，而不是没有眼力。子和从一堆玉蝉中抬眼看了看店老板，他看到店老板的目光里透露着一丝狡黠的笑意。后来，在很长的一段时间里，这道目光一直追随着子和，使子和心里无法平静，他不知道店老板的笑容里有什么意思。

店老板说，这位先生，既然找不到你的那块玉蝉，还不如从我的这些玉蝉里挑一块去，反正都是玉蝉。我这里的货虽然品质差一些，但雕工不差的，价格也便宜呀。当然，无论店老板怎么劝说，子和是不会买的。

子和十分沮丧，他甚至都不想再走另外的两家店了，他觉得完全无望，玉蝉根本就不在这里，他感觉不到它的存在，他更感觉不到它到哪里去了。就在这个时候，子和的手机响了起来，是女儿幼儿园的老师打来的，说是在子和女儿小床的垫被下面，发现了一块玉蝉，请他去看看，是不是小女孩从家里拿出来玩的。

事情正如老师推测的那样。

可能那一天子和出差的时候，把隔天晚上摘下来的玉蝉留在了家里的床头柜上。子和的女儿看到爸爸将玉蝉忘记在家里，觉得很好奇，因为她从小就知道，玉蝉一直都是跟着爸爸的，爸爸怎么会让它独自留在家里呢？小女孩拿到幼儿园去给小朋友们看，小朋友没觉得玉蝉有什么好玩的，看了几眼就没兴趣了。子和的女儿也没了兴趣，就随手扔在自己的小床上，不一会儿也就忘记了。老师折被子的时候，不知怎么就被折到垫被下面去了。一直到这个星期天，幼儿园打扫卫生清洗被褥时，老师才发现了这块玉蝉。

失而复得的过程竟是这么的简单，简单到出人意料，简单到让人不敢相信。子和重新拿到玉蝉的时候，他都不敢相信自己的眼睛，但是玉蝉本身带有的种种特殊印记证明了这就是他的那块玉蝉。

子和却没有再把玉蝉挂起来。子和的太太了解子和，她知道子和内心深处有着深深的怀疑，他怀疑这个玉蝉已经不是原先的那个玉蝉了，虽然记号相似，但是他觉得这个"它"，已经不是那个"它"了。

为了让子和解开心里的疙瘩，确定这个"它"到底是不是那个"它"，子和太太重新去请最有权威的专家进行鉴定，鉴定的结果令子和太太吃了一颗定心丸，她回来后兴奋不已地告诉子和，"它"就是"它"。

子和摇了摇头，他完全不知道"它"是不是"它"。

子和太太见子和摇头，感觉机会来了，赶紧问子和，这个玉蝉你还戴吗？子和说不戴了。子和的太太早就想把玉蝉变现，现在终于忍不住说了出来。子和听了，也没觉得怎么反感，只是问了一句，你说它有价值，价值不就是钱吗？为什么非要变成钱呢？他太太说，不变成钱，就不能买房买车买其他东西呀。子和说，既然你如此想变现，你就拿去变吧。他的口气，好像这块玉蝉不是随他一起走过了许多年的那块玉蝉，好像不是他从前时时刻刻挂在身上须臾不能离开的那块玉蝉。他是那样的漫不经心，那样的毫不在意，好像在说一件完全与他无关的东西，以至于他的太太听了他这种完全无所谓的口气，还特意朝他的脸上看了看，她以为他在说赌气的话呢。但子和说的不是气话，他完全同意太太去处理玉蝉，随便怎么处理都可以，因为这块玉蝉，在他的心里，早已经不是那块玉蝉了。

他太太生怕他反悔，动作迅速地卖掉了这块价值昂贵的玉蝉，再贴上自己一点私房钱，买了一辆家庭小轿车。她早就拿到了驾照，但一直没买车，心和手都痒死了，现在终于把玉蝉变成了车，别提有多兴奋了。整天做着星期天全家开车出游的计划，这个星期到哪里，下个星期到哪里。

日子过得很美好，不仅太太心头的隐患彻底消除了，而且还坏事变好事，把隐患变成了幸福生活的源泉。

可是有些事情谁知道呢。就在子和太太的车技越来越娴熟的时候，她突然出了车祸。

那天天气很好，子和太太心情也很好，路面情况很正常，一点也不乱，她的车速也不快，她既没有急于要办的事情，也没有任何心理问题，总之，在完全不可能发生车祸的那一瞬间，车祸发生了。

她撞倒了一个女孩，一个二十刚出头的花季少女，她死了，血流淌了一地，子和太太当场就吓晕过去了。等医护人员赶来把她救醒，她浑身发抖，反反复复地说，是我的罪过，是我的罪过，是我撞死她的，是我撞死她的，全是我的错，我看见她，我就慌了，我一慌，我本想踩刹车，结果踩了油门，是我撞死了她，对不起，对不起。可奇怪的是，交警方面调查和鉴定的结果却正好相反，子和太太反应很快，一看到人，立刻就踩了刹车——她踩的就是刹车，而不是油门。可是刹车没有那个女孩扑过来的速度快，悲剧还是发生了。当场也有好几个证人证明，亲眼看见那个女孩扑到汽车上去的。甚至还有一个人说，他看到女孩起先躲在树背后，看到子和太太的汽车过来，她就突然蹿了出来，扑了上去。但他的这个说法却没有其他人能够印证。

所以，死了的那个女孩是全责，子和的太太没有责任，她正常地行驶在正常的道路上，即便反应再快，又哪里经得起一个突然扑上来的人的攻击？

可是任凭别人怎么解释，子和的太太就是听不进去，她始终认为是自己的责任，她反反复复地说，是我的罪过，是我的罪过，是我杀死了她，我一看到她我就慌了，我想踩刹车结果踩了油门，是我杀死了她。

女孩遗体告别的那一天，子和去了，但他只是闭着眼睛听着女孩家人的哭声，他始终没敢看女孩的遗容。子和内心深处似乎有一种隐隐约约的感觉，他怕他看到的会是一张熟悉的脸。

在医生的建议下，子和让太太服了一段时间的治疗药物，太太的情况稍有好转，她不再反反复复说那几句话了，但她也不能再开车了。不仅不能开车，很长的一段时间里，她都不能听别人谈有关车的事情，都不能听到一个"车"字。凡是和车有关的事情，都会让她受到刺激，立刻会有发病的迹象。全家人都小心翼翼，尽量避免谈到车的事情。

她的那辆小车，一直停在小区的车位上，因为是露天的车位，每天经历着风吹雨打太阳晒。子和曾经想卖掉它，又怕卖掉后太太经过时看不见它，会忽然失常，想问问太太的意见，但是刚说到个"车"字，太太的眼神就不对了，子和只得放弃这个打算，任由它天长日久地停在那里。

后来，这辆车生锈了，再后来，它锈得面目全非了。

图书在版编目（CIP）数据

梦幻快递 / 范小青著 . — 北京：作家出版社，2015.7
（名家小说集）
ISBN 978-7-5063-8134-5

Ⅰ . ①梦… Ⅱ . ①范… Ⅲ . ①中篇小说－小说集－中国－当代
②短篇小说－小说集－中国－当代 Ⅳ . ①I247.7

中国版本图书馆 CIP 数据核字（2015）第 159585 号

梦幻快递

作　　者：范小青
策 划 人：杨晓升　罗　英
责任编辑：张　平
装帧设计：视觉共振设计工作室
出版发行：作家出版社
社　　址：北京农展馆南里 10 号　　　　　　邮　　编：100125
电话传真：86-10-65930756（出版发行部）
　　　　　86-10-65004079（总编室）
　　　　　86-10-65015116（邮购部）
E-mail：zuojia@zuojia. net. cn
http：//www. haozuojia. com（作家在线）
印　　刷：北京市玖仁伟业印刷有限公司
成品尺寸：130×185
字　　数：148 千
印　　张：9.25
版　　次：2016 年 1 月第 1 版
印　　次：2016 年 1 月第 1 次印刷
ISBN 978-7-5063-8134-5
定　　价：45.00 元